笑着活下去

高嘉程 著

STAY AWAKE
STAY ALIVE

民主与建设出版社　博集天卷

STAY AWAKE, STAY ALIVE

目　录
Contents
01 >>>

序言 /001

长大之前

二十年前的我，会想过今天吗？ / 002

为什么我说要离开她，却真的做到了 / 011

康熙走了，我们也成了彼此眼中的"贱货" / 018

复杂世界里，人有时比鬼可怕得多 / 026

"野鸡公司"求生指南 / 033

不将就，才是这世上最大的美德 / 048

北京租房指南 / 056

搬家记忆 / 063

乐乐 / 074

2 这世界跟你想的不太一样

假如我死了,你们会怪我吗? / 082
我被传销组织劝退了 / 090
卡在窗户上的小马 / 100
我作弊,我打架,但我是个好女孩 / 106
女孩最后被僵尸杀死了 / 114
你教会我做题,却没教会我做人 / 121
既然讨厌的人可以拉黑,这样的亲戚也应一样 / 127
因为我找不到男人和工作,我妈要和我断绝关系 / 134

STAY AWAKE. STAY ALIVE

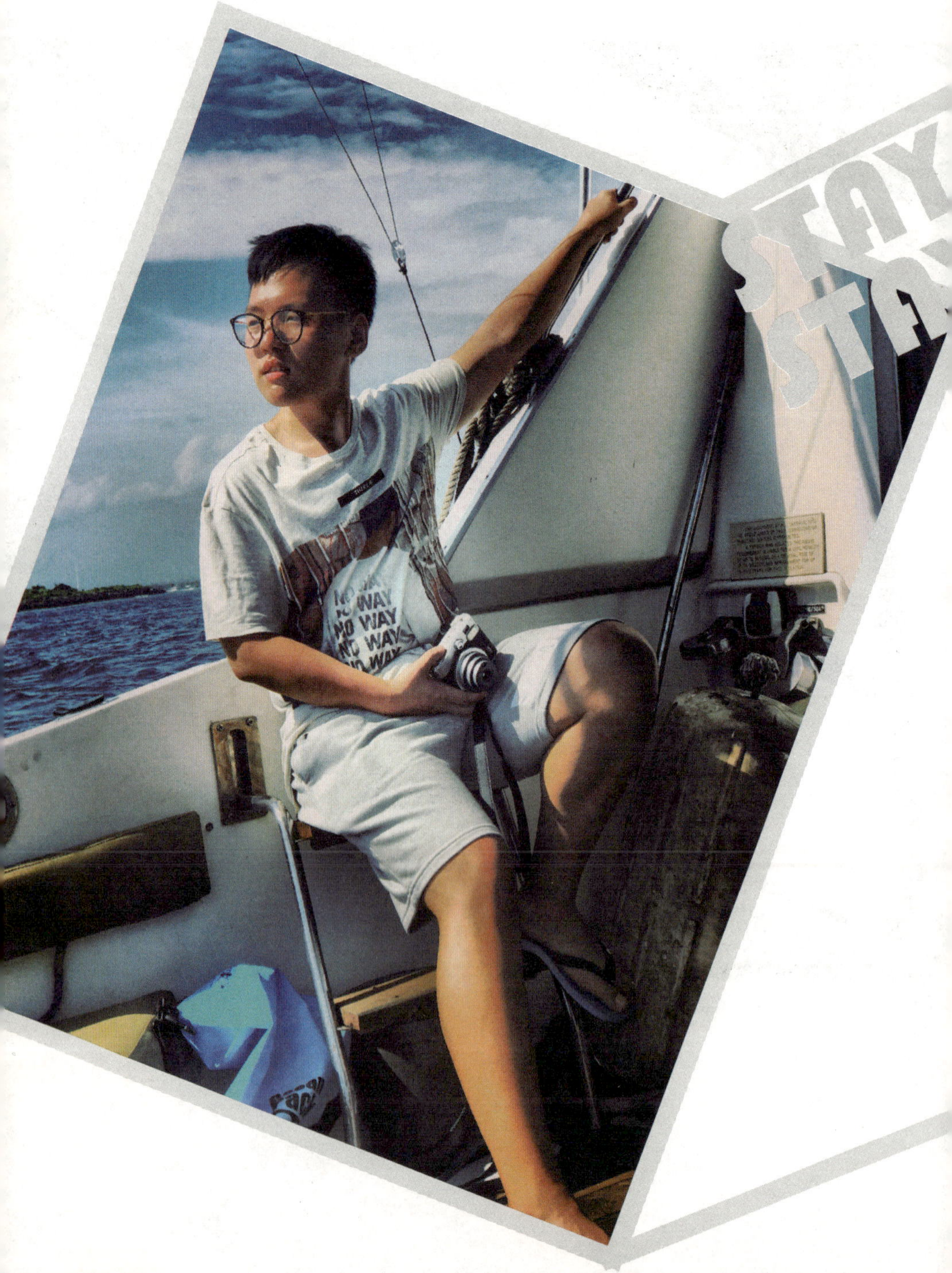

Part 3 来，我给你讲个故事

大夫们 / 142
薛婶 / 155
吴凯丽 / 162
马丁 / 173
石头 / 188
小贺 / 197
小吴 / 209
小周 / 217
张玮 / 229
立汉三 / 240

后 记　…251

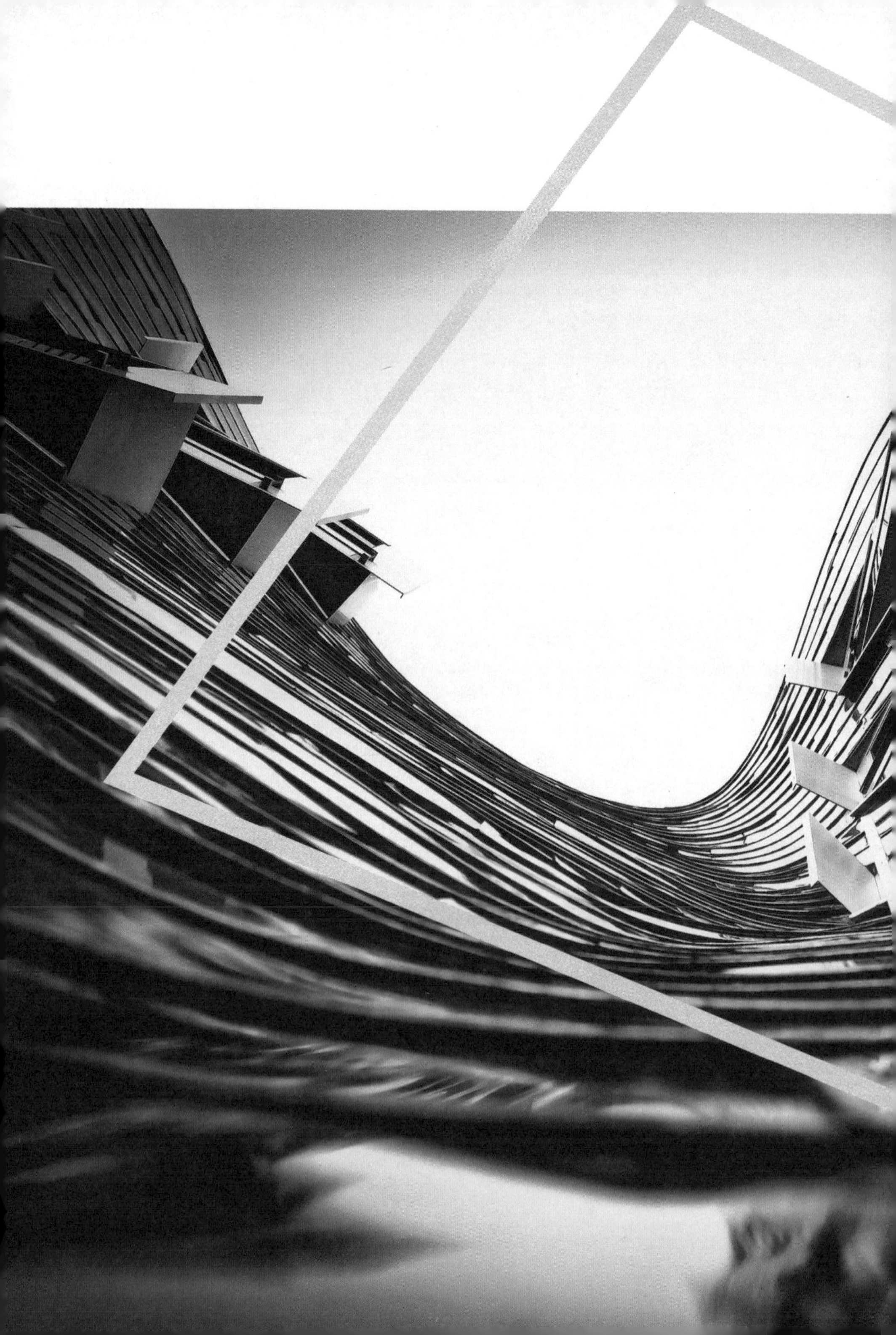

STAY AWAKE.
STAY ALIVE

最好的编制，
是你能对自己的
人生进行安排。

STAY AWAKE, STAY ALIVE

序 言

2016年年中，在朋友圈看到别人转的一篇文章，写的是在"野鸡公司"工作是什么体验，文笔清奇，内容险恶，我转了，感慨这是年轻人该有的腔调。后来有人告诉我，作者叫高嘉程，是我们公司的一个选角导演。

高嘉程很敏感，文笔老辣，对世界有自己的固执，关心自己所关心的，讨厌自己所讨厌的，人狠话密，夸人听着像骂人，骂人听着让人想死。有一次公司团建吃烧烤，他坐在一个角落里哭，我单纯地以为是喝大了，后来才知道是他的生活出了点状况，心里没藏住事，酒也没压住事，我才看见他那颗少年的心。后来慢慢看了很多他在公众号里发的文章，惊叹骂人还能这么上瘾。在这本书里他收敛了很多，有兴趣的可以移步他公众号看看。他的公众号现在叫"送你一程",也不知道他对这个世界到底有多大的怨念。

更多人知道他是在《奇葩大会》上,他是举着"本届奇葩大会最大黑幕"的牌子出场的。老实说我不知道他会出现,导演组也把我们放在了"黑幕"外边。在场的奇葩们对他实在太熟了,出镜前他的身份是奇葩们的幕后导演。当期节目一播出,他的公众号短期内涨了十多万粉丝,我们和他都没想到。

其实平时我和他的交集并不多,他看起来总是乐呵呵的,看他的公众号文章呢,又好像每天都很焦虑,少年总有自己的烦恼。我不能清楚地知道这几年在公司他都经历了什么,但是他的变化的确很大,从一个北漂普通实习生到正式导演,面试、视频剪辑什么的都做过一些,现在又签约到米未做艺人,快速成长带来的压力必然也很大。他

做着自己感兴趣的事，慢慢变成自己想成为的人，或者讨厌的人。坦白说，如果我是他，我也会崩溃，但是只有扛住了才不辜负自己。之前我们在一个节目里也聊过，想写辞职信的时候就写，交不交到 HR 那里看自己，不管什么结局，这是他必须自己承受的。

　　从这本书里，你或许能看到自己的影子，或者身边的某个熟人。他在犀利的文笔背后仍然抱有对美好的向往，这个嘴贱心软的小朋友如果在签售的时候对你谄媚地笑，请一定笑纳他的真诚。

——马东 米未传媒创始人

2018 年 1 月

现在我才意识到，
对我来说，不将就，
才是这个世界上
最伟大的美德啊。

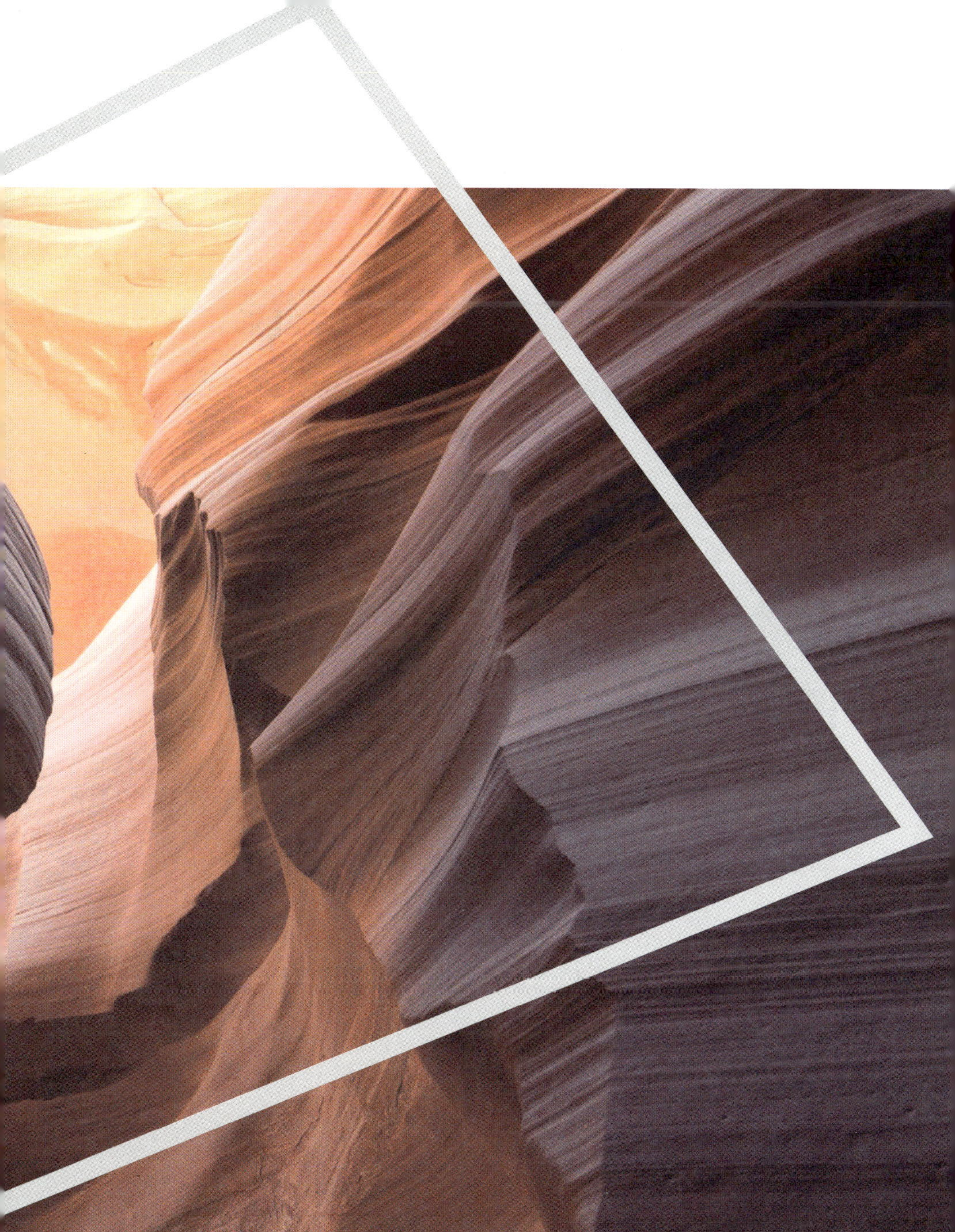

你要知道，
大多数捷径背后，其实都藏着陷阱。
如果你本身就不聪明，
又何必把所剩不多的那一点智慧，
全都用来撒谎呢？

Part 1

长大之前

STAY AWAKE,
STAY ALIVE

二十年前的我，会想过今天吗？

从前啊……

为什么要以这句话作为开头呢？因为从前啊，我是听着老人们讲的故事长大的。他们讲故事的时候，都喜欢用它做开头。故事里说，我出生五十八天后，就和奶奶爷爷生活在了一起，"罪魁祸首"是我和爸妈一起生活的半个月，浑身上下只长出二两肉。奶奶觉得他们极有可能虐待我，一气之下，便把我从爸妈身边带走。二十年后，在奶奶和时间的共同努力下，这二两肉变成了二百斤的肥肉。

怎么会走到这一步呢？思前想后，大概是我七岁才断奶的缘故吧。又要说回去了。每当聊到这个话题，奶奶都会意味深长、悲天悯人地感叹一句："你妈这个人，心肠不好，我亲眼看见她拿热毛巾捂在自己的奶上，活生生把乳汁给憋回去了，她就是不想喂你。"

我至今也没和我妈对质过，当时是不是奶奶口中描述的那样。反正从我没有母乳喂养的那天起,爷爷奶奶便开始订牛奶喂我,早晚各几次,到了后来不该喝奶的年纪,我依然保持着这个习惯,从多次减少到早晚各一次。于是,直到今天,家人还能用来随时嘲笑我的点,就是"将来一定要告诉他的对象,他喝奶喝到小学一年级哦"。

我记得,小学那年暑假,为了让我戒奶,爷爷奶奶专程带着我回老家过了一个暑假。在那个暑假以前,每天晚上躺在床上喝奶的时候(现在写下这句话,觉得相当荒谬),爷爷都会讲个故事给我听。有的时候他轮休,那就自然换成奶奶替补,他们两个人的故事各有各的精彩。

爷爷走的是悲情伦理剧路线,奶奶呢,走的则是天马行空路线,无论哪一种,都伴随了我童年的夜晚。

我不愿意像爷爷自己描述的那样,说他是一个可怜人。可他的童年时期,确实过得十分不幸。爷爷的家在陕北一个很穷的地区,叫佳县。据他自己说,家里当时勉强还算小康。但是呢,他母亲在他很小的时候得病去世了。留下的三个儿子里,他排老二。所谓的枪打出头鸟,可能就是说我爷爷这种性格的人吧。后来他爸爸娶了一个新媳妇,大爷爷和三爷爷都改口叫新娘"妈妈",爷爷就是打死都不肯改口。

"打死都不改是吧?那就打死你。"

所以后来的很多年，爷爷的后妈在家有事没事都打他，跟玩似的。

"济宁啊，家里的柴火怎么不够？是不是要挨打？"接着噼里啪啦一顿暴揍。

"济宁啊，给我盛的饭怎么这么少？想饿死我啊？是不是要挨打？"接着噼里啪啦一顿暴揍。

"济宁啊，老娘今天就是看你不爽，你给我滚过来！"接着又是噼里啪啦一顿暴揍。

…………

总之，爷爷的整个童年，就是在后妈的棍棒底下硬生生被打过来的。

很多年以后，我一边在床上抱着奶瓶喝奶，一边听爷爷回忆他被后妈暴打的故事，讲到一半，他突然痛哭流涕，我试着安慰他，但当时的我还没那个能力。我记得在黑暗里，我看不清他的脸，那个六十多岁的老人哭得像个小孩，边哭边重复着"我太可怜了"。后来我明白了，就算是现在，假设他还在我身边，我依旧无法安抚他，让他忘记内心深处的那些记忆。

哭过之后，下次我再要求他讲讲那些故事，他还是会答应我的要求。

他所有故事里我印象最深刻的两个，一个是他曾和狼共度一夜。

因为他始终不愿意改口叫妈，所以后妈茶余饭后的唯一乐趣，就是想尽办法针对他。有次他和村里的伙伴一起玩，回家晚了，院子的大门紧锁，他估摸了一下时间，大概是晚上十点多了。这里要强调一下，那个年代农村的十点多，已经相当于半夜了，何况农村同胞一不喝酒，二不蹦迪的，你一个未成年人在外面野到这么晚不回家，以后妈的逻辑，可不得给你点颜色瞧瞧？

于是爷爷找遍了所有回家的可能途径，都被后妈封了个严严实实。那个点去敲门，都不必多想，敲开了也是一顿暴打。

"济宁啊，你还知道回来啊？是不是要挨打？"

最后爷爷走投无路，坐在自家院子的墙根，打算这样过一夜，等天亮了大哥出门工作的时候自己再想办法混进家里。

山里的冬天……别说冬天了，夏天的后半夜你去试试，冷得也像换季一样。爷爷身上只穿着一件旧汗衫，他只能把身子蜷起来抱住自己，才能减少温度的流失。不知道过了几个小时，他感觉有动物朝自己靠过来，用鼻子四处嗅他身上的气味。

他在半梦半醒之间，一把将它揽进自己怀里。那个动物长满了毛，浑身热热的，他就默认这是隔壁邻居家的大白狗。"大白狗"也没有反抗，被他紧紧抱住，他们两个相安无事，就这样睡了一夜。

天快亮的时候，爷爷听到有人惊呼："来人啊，这谁家的娃，怀里怎么抱了只狼？"据他回忆，怀里那只"大白狗"一下子从他怀里挣脱，他被带着摔到了地上，远远地看着它朝着跟来人不一样的方向逃走了。

哥哥闻声开了门，看到他一脸懵圈地坐在地上，围观他跟狼抱着睡觉的老乡一五一十地把自己看到的画面转述给爷爷的哥哥。

爷爷说，后妈那天没有揍他，大概只说了句："王八蛋，命还挺大，狼都没把他给吃了。"

我记得在讲给我听的时候，爷爷反复叹气，说："唉，狼都知道我可怜，舍不得吃我。"

另外一个故事，又是关于没有回家的。爷爷讲，那一年，他被后妈安排到河滩上拾煤。通常情况，河上早晚各有一班船，会把人从河的这头运到另一头有煤的河滩上，可一旦错过了回去的船，后果可想而知。那天他就是偏偏错过了回家的船，河这边的村子里，他谁也不认得。

当时我问他："不能在谁家借住一晚吗？"爷爷回答："你以为哪儿都跟电视剧里演的一样？人家都不认得你，哪会让你进家过夜？"他只好自己找地方将就一晚。他长了上次拥狼入睡的记性，这次，他背着自己的竹篓，默默爬上了人家村口的戏台。

他说戏台周围撒满了纸钱，他默认是唱戏时用的道具，看天色已晚，他随便找了个台子躺了上去。第二天天还没亮，他又被人的惊呼声吵醒了。

那人生气地质问他："你是哪家的小孩？这副棺材里面躺的是我父亲，你在他身上睡了一整晚吗？"

当下应该是顾不上害怕，他跟家属道了歉，收拾了自己的东西赶到码头，赶上最早的一班船回了家。回家之后，他病了将近一个月。

在我懂事之后，就不太愿意听爷爷童年的故事了，一是他每次讲都会哭，我看了心里都不好过；二是爷爷年纪大了之后，总像小孩一样耍性子闹脾气，每当这种时候，奶奶就会在一旁偷偷跟我说一句："你现在知道了吧，为啥三个儿子，后妈只打他一个。"

我大多数朋友都觉得我是个有趣的人，这跟我奶奶绝对脱不开干系，她就是一个冷幽默的人。我们家还住在老院子的时候，我有天吃饭不小心把油溅在身上了，奶奶立刻指着我说："你这个孩子，怎么像个傻×一样？"

我惊愕，溅个油而已，有必要骂到这种程度吗？我问她："你知不知道'傻×'是什么意思？"

奶奶说："不知道，我打牌的时候跟秀珍学的，她老这样说她老汉。"

我说："好，下次不要用这个词了，这不是个好词。"

她说:"好的,我记住了。"

隔了几天,我早上出门忘记带午饭了,奶奶打电话给我:"你这个傻×,你午饭忘带了。"

算了,无所谓了,她养我这么多年,骂我一句"傻×"怎么了?

奶奶也是穷人家的孩子,她跟我讲过很多次。她的爸爸去世以后,家里只有母亲和一个哥哥。哥哥眼睛看不到,没办法养家,但是哥哥为人善良,和她相处得很好。后来哥哥去世了,村里的人都说他是因为眼睛看不到的缘故,从山沟里摔了下去。奶奶说,她和母亲去接哥哥的时候,看到哥哥身上都是伤痕。她说哥哥可能不只是失足摔下去那么简单,她知道那些人经常欺负他。

可是,在那个还没有监控设备的年代,仅凭着自己的猜测,又有什么意义呢?

除了这些,奶奶最爱讲些稀奇古怪的传说,有些是神话故事,有些她义正词严地说是她的亲身经历。那时我还无从分辨,当我想再去确认这些故事的细节时,她已经不在了。

奶奶替补爷爷讲故事的时候,起先我是不认可的。每次我都试探性地问她:"能不能叫爷爷过来讲?"她废话不多说,直接拒绝我的要求,跟我说:"你爷抱着狼睡过,我还被一头这么长的狼撵过呢。"她把两只手张开,向我证明自己的故事一定不会输给爷爷的。

那年她赶山路回老家，只有几天假，为了赶时间，就放弃了安全系数高一些的大路。她拿着一根木棍，肩上扛着一个布包，在崎岖的山路上健步如飞。没"飞"多久，就被不远处的一个庞然大物挡住了去路。

那头狼的长度据奶奶描述，至少在一米七以上。在不到五十米的距离，跟她四目相对。

虽然听过很多关于狼的故事，但第一次遇到真的狼，奶奶还是吓得整个人都不好了，腿抖得像筛糠一样。遇到这种状况，最重要的一点就是千万不能慌。起码，千万不能让对方看出来你在慌。

奶奶当天身上穿着一件大红色的棉袄，对面的狼也很蒙，这是个什么玩意？一身红？火神本人吗？

于是双方就在山头对峙了片刻，谁都不知道对方会不会先动，总之，敌不动我不动。

后来，奶奶还是先动了，因为她毕竟在赶时间啊，总不能在这儿一直耗到天黑吧？到时候必死无疑啊。

奶奶决定先发制人，捡起一块石头朝狼丢了过去，因为太过紧张，石头根本连狼毛都没碰到。于是她又捡起一块石头朝它丢了过去，有些效果，狼开始往后退。奶奶一不做，二不休，干脆直接把自己走山路用的拐杖朝狼丢了过去。不知道为什么，狼被那根棍的威力震慑到了,一下子跳起来,直接跨过了面前的一道山沟。

见状,奶奶赶忙转身就逃。她说,当时十一月,她一直跑到有人的地方才停下来,红色的棉袄从里到外都透着汗。回到老家处理了自己的事情,她因为惊吓过度而大病了一场。从此以后,她觉得自己的人生都不同了。人到中年还能狼口脱险,在古代,可以编成段子到天桥下面说书,在今天,可以做成付费音频四处售卖。

总之,他俩的人生经历,比起那些传奇人物的故事,听起来更像传奇。也就是在这样的耳濡目染下,我变成了一个喜欢给别人讲故事的人。奶奶说,我从幼儿园放学回来,搬着小板凳坐在院子里给老头老太太们讲《灰姑娘》的故事,那些老头老太太听得不亦乐乎。

转眼,二十多年过去了,那个时候的我想过今天吗?

放屁啦,怎么可能。

为什么我说要离开她,却真的做到了

唯一一次在录制现场崩溃大哭,是《奇葩说》第三季"痛苦的绝症病人想要放弃自己的生命,我该不该鼓励他撑下去?"那期,当时正方一辩才刚发言到一半。《奇葩说》第四季最新一期:"父母提出要和老伙伴一起去养老院养老,我该支持还是反对呢?"录制当天我离开了一段时间,回到现场,所有人泪流成河,我没觉得遗憾,甚至还有点庆幸。

原因是一切和老人有关的话题,我都不太敢听。

我二十四岁那年,大家警告我一定要穿红色,因为本命年不穿红会很衰。我照做了,但那依旧是我人生中过得最差的一年。

我从出生五十八天开始跟奶奶爷爷一起生活,直到我二十三岁离开家。在那之前,我一直以为我会在离家不远的地方找一份老师或记者的工作,踏实地教课、写稿,或者混吃等死。二十三岁的我突然发现，周围的人都觉得自己过得不错，可我没有。我经常打开很多招聘网站，搜索自己最想从事的职业，觉得自己一定会被拒绝，最后还是抱着重在参与的心态投了很多简历。

接到面试结果的那天我有点感到意外，因为它和我的预感正好相反。我跟奶奶说，想去试试，她问了我很多问题，总结起来其实就一种意思："离开家以后，你能照顾好自己吗？"我告诉她可以，可其实我并不确定。后来我们开过几次家庭会议，不是因为他们保守到认为"梦想不值得实现"，而是因为一年前，奶奶被医院确诊为食道癌。

那个下午我们全家人坐在一起，这个画面在我的记忆里全是灰色的。我们决定放弃手术，因为她的年纪禁不起这一遭，保守治疗的话，等于我们亲手按下倒计时，只等着那天的到来。

我人生四分之三的价值观形成归功于这个没读完小学的老太太，每天早晨她负责叫我起床，六点才刚过，早餐就已经摆在餐桌上。有时候我还没睁开眼，她就已经强行帮我把衣服套好，催促我赶快去洗漱。遇到解决不了的事，她说你要学着忍耐，但事不过三，也不能总当弱者。

爷爷在生活里像一个不太受欢迎的男二号，他十分固执，又有点"直男癌"，奶奶数十年如一日地为他准备好一日三餐，在他口中却几乎得不到一句认可。家里分成了两个阵营，我和奶奶永远站在同一边，爷爷动辄威胁我俩:"明天我就收拾东西回老家。"听到这句话,我立刻隔空向在厨房的奶奶喊话:"我帮他买票,你赶快帮他打包行李。"

上大学之前,我们三个分开的时间最多没超过一周。

做决定之前,我跟奶奶聊了很久,她说同意让我去外面看看,最差也不过是三个月后,我没通过试用期,被遣送回原籍。爷爷始终沉默,问我:"那个工作,咱们这边不能做吗?""一定要去那么远吗?"他试着劝阻我,看我去意已决,丢下一句:"奶奶把你养这么大,你现在却要抛下她。"

我以为他根本不理解我。

那天我约了高中的家教一起吃饭,告诉他这道选择题我做不出来。他坐在我对面,淡定地往锅里下菜,问我:"如果你留下,能改变什么吗?"

最终我还是走了,那天两个老人目送我到电梯门口,直到电梯降到一楼。我确定,他们一直站在原地没有离开。

刚到北京的那段日子,我每天固定给家里打一通电话。出租屋附近的那条铁道,是我上下班的必经之路,地铁上太吵,好几次我行走在铁道的轨枕上给家里打电话。北京风很大,我听得清对面的声音,奶奶却听不清我在讲什么。匆匆聊几句,最终她只会嘱咐我一件事:

记得吃饭,别饿着自己。

每个月我必定请假一天,跟周末连在一起勉强回家待两天。残忍的是,每次回去,看到的情况是奶奶的身体状况越来越差,我除了难过,束手无策。她每次有很多话想跟我说,但体力不允许她这么做,话说到一半,她就睡着了。我帮她盖好被子,再去客厅跟看电视的爷爷有一搭没一搭地聊几句。

有次回去,她的状况很不好,在医院探望过她,我跟着我爸去了还没装修完的新家,他领着我环顾那套毛坯房,自言自语道:"希望奶奶能再撑几个月,也算是住上了新房子。"微信群里的同事突然为了工作争得不可开交,那是我第一次认真想,不如回家算了。

我很怕去医院,只要到那里就很难忍住不哭。我坐在床边,看奶奶鼻子里插着氧气管,喉咙里一阵一阵发出声响,她很痛苦,我丝毫分担不了她的痛苦。那天下午她突然很有精神,把我拉到床前,在我耳边跟我说了很多话,她说:"你在外面跟人家好好相处,不要主动招惹别人,记住一定要好好工作。"我还是哭了,跟她保证我一定做到,后来她在我耳边说:"你不要哭,我看了难受,你过来,让我亲一下。"

过完"十一",北京立刻入冬,我约同事到公园散步,那些树站在一起,排列成一个大写的"丧",天色变得更差了。我说我好想给家里打个电话,她说你打吧,不用理我。我拨给大姑,她告诉我家里一切正常,叫我安心工作。我犹豫了一会儿,没再打给家里。

第二天早晨五点,我被手机铃声吵醒,大姑的语气不再像昨天那么镇定,她说"你现在立刻买票回家"就挂了电话,没告诉我发生了什么,我打给我爸,听到他在电话那头说"爷爷不在了"。

后来我一直在想,是反应迟钝吗?直到我买好了最近一班高铁票,赶到了车站,才开始流泪,我以为我听错了,怎么会是爷爷。他们告诉我,那天早晨爷爷突发心脏病,走的时候,是自己一个人。

处理后事的那几天我也不清楚是怎么熬过去的。只记得爷爷火化后的那天中午,我抱着他的照片回家,全家人忙着去答谢亲朋好友,我身上没有家里的钥匙。

我把那张照片紧抱在怀里,只能坐在单元门口的台阶上等人联系我。那是我二十多年来第一次敲家里的门,他们老两口没人来开门,而且我知道,以后他们也不会来了。

在医院的走廊上,三姑拉住我,对我说:"我知道你有多难过,下次如果奶奶不在了,你就别回来了,回来也改变不了任何事。"

八天以后,我坐在下班回家的车上,接到家人的微信通知,说奶奶走了。我真的没再回家,我也不敢回去。

上高中那几年,只要超过晚上十点还没回家,奶奶总会隔五分钟打一个电话给我。假如两个小时以后我才到家,她会先假装不理我,等被我逗笑,再开始责怪我:"以后你再这样,我就再也不给你打电话了。"

她每次被我埋怨:"我都胖成这样了,你炒菜咋还放那么多油呢?"她总是一边把菜端到桌上,一边说:"好,以后再也不管你了,饿死你。"可她却从来没有做到。

我后悔的是,为什么我说要离开她,却真的做到了。

我还是看了这期节目,里面薇薇姐讲到一段话,她说最痛苦的是两个选择都是错的,我们要选择的是:我们更能背负哪种错误带给我们的代价。

好像你明明知道有的事情没有结果,却毅然决然地要完成它,可能你已经想清楚了,不管代价是什么,你都愿意背负这种结果。

这段日子我常常梦到他们,有几次,我在梦里跟爷爷没原因地大吵,吵到我醒来还觉得愤怒。我一直觉得他没原谅我,即使所有人都告诉我,他要是看到现在的你,一定不会责怪你。

去年过年,我们的新家已经装修好了,最遗憾的是,奶奶最后还是没能撑到它装修完工的那天。我爸一脸严肃地跟我说,单位给了他分房名额,于是他登记了一户五十多平方米的小户型。因为他怕我压力太大，盘算着等我结婚那天，就从现在的房子里搬出来，和伴侣一起去小屋将就住着。我跟他说那么远的事情你就先别想了，过好眼前比较重要。

其实我早就确定，不管将来发生什么，我都不会允许他从那里离开。

我记得奶奶头七那天，我好不容易在五环边上找到一家殡葬用品店，同事陪我找了一个十字路口。每年过年陪我爸给已故的长辈烧纸，他告诉我一定要对他们说点什么，我总是觉得很尴尬。那天纸烧到一半，突然下起了雪，我在心里默默跟她说："我才不会饿着自己，你看我都胖成什么样了。"我还向她保证，会替她照顾好我爸，"你为他操心了一辈子，现在就好好放个假吧，这份工作，以后交给我吧。"

回到屋子里，我顺手把手机扔在床上，洗完手发现它依旧亮着，我拿起手机，发现 Siri 开着，不知道为什么，屏幕上蹦出了几个联系人，是我爸和我的三个姑姑。

就当是意外吧，我也仍然愿意相信，那是她最后想要亲口告诉我的一句话。

康熙走了，我们也成了彼此眼中的"贱货"

有次在《奇葩说》的录制现场，我热场完毕，坐在观众席的第一排。康永哥忽然朝我坐的方向看过来，问我："高嘉玲，你为什么热完场还坐在这里？"我环顾四周，确认他是在跟我说话之后，回答他："康永哥，我是高嘉程。"

他表情镇定，再次发问："别的导演热完场都离开了，为什么你还硬待在这儿？"突然间我真的不知道要怎么回答，何老师补充了一句："他不光硬待在这儿，他还坐在了正中间。"

那天之后我有两个感受：一是我真的好蠢，面对他的问题竟然接不上话；二是失落，康永哥，这个跟我当众磨过鼻子的男人，竟然连我的名字都记不清。

我刚上大学那年,跟舍友说,希望以后可以认识康永哥,不管是以何种方式,只要这件事情能够实现就好。没想到还真的实现了。

我是从高二那年开始看《康熙来了》的。当时在筹备艺考,明明什么都不会,却有一种迷之从容。每天早晨我按时去学校吃早餐,早读时正大光明地当着班主任的面离开教室,去网吧上一上午的网,到了饭点再回家吃午饭。有天,我突然在网吧的电脑里发现了新大陆,D盘和F盘里存的都是爱情动作片,E盘标着"港台"的文件夹,打开以后,是《康熙来了》全集。

从开始只有我一个人追,到后来,几个一起逃学上网的同学接连入坑。长期观看《康熙来了》的后果是,讲话喜欢说"干",喜欢称呼同学"贱货",当别人说出我们不感兴趣的话题,会随口丢出一句:"I don't care."

小Z也是其中之一,她是当时和我关系最好的女性朋友。

我们在一场运动会上认识,她坐在男生堆里,跟大家拼比讲黄色笑话。

我不太懂为什么黄色笑话能让大家笑倒在地上。可我也从来没见过一个女孩像她这样,开黄腔开得面不改色心不跳。

运动会以后我们成了朋友。认识她之前,我连KTV都没去过,认识她之后,隔三岔五出入那里成了再正常不过的事。那时我家里还没有电脑,我们经常周末待在她家,坐在电脑前看完一整周的《康熙来了》。

小 Z 很招男生喜欢,一个年级几个班,每个班都有长相各异的男生试图追求她。而她的眼光总是很独到,只挑长得丑的在一起。高中三年,她换过三个男友。

第一任男友,不会说普通话,抽烟异常凶猛,2007 年,就已经让自己拥有了一口时尚土豪金配色的牙齿。第二任,像她未婚先孕的私生子,每天除了向她开口索要生活费,什么都不会做。第三任⋯⋯我只想说,起码前两任长得还过得去,这位不光长得不怎么样,还拥有一种特别极端的性格。

有年平安夜我们一起上街轧马路,我是被她男友打电话叫出来的,但见到我之后,他就开始不爽,脸上的表情如同使用开塞露过敏一般。那天晚上,他当众在街上冲我发了一通脾气,把手上的礼物摔在地上,一个人离开了。

第二天,他跟小 Z 解释,说他不喜欢我跟他们在一起的感觉。

我整个人:大哥不是你打电话叫我出来的吗???这些戏精真的应该被送进地狱。

几个月过去后,他们也分手了。没人知道她分手的原因是什么。

到了高三，小Z临时抱佛脚，要去美工班当插班生。经历了一个多月白天上课、晚上学美术的日子，一个月后，她悄悄告诉我，家人决定送她出国了。我问她要去哪个国家，她义正词严地说："韩国，因为我热爱的东方神起在那里。"

从那天起，美工班她也不去了，花钱买来的美术工具也送给了同学。请了一个韩语家教每天给她补语言，她还不忘怂恿我和她一起，说："多学一门语言，对你没坏处的。"我回家跟我家人讲，我想学韩语，家人正眼都没瞅我一下，问我："你英语学好了吗？"

从此我再没提出过这种无理的要求。

又过了几个月，小Z说，她爸擅自更改了她的出国计划，去韩国留学变成了去美国。她爸大方地对她说："家里不差这点钱，你给我真的学点东西回来。"

小Z在爸爸的逼迫下，也参加了高考，总分刚过三百。那年九月，她去了美国，她走的那天我在军训，午休时她打电话给我，对我说："我走啦，你等下挂了电话可别偷偷哭哦。"我忍着没哭，说："你可快点走吧，这个国家已经不需要你了。"

她到美国后，起初我们还会隔三岔五汇报近况。第一个月，她打电话跟我讲，有个黑人抢走了她五十美元，我问她怎么抢的，她说在一个 party（派对）上，不小心把饮料洒在了黑人姑娘的鞋上，那个人不依不饶要她赔偿五十美元，不然就要她好看。

我说："这你也怕？冤大头吗？干吗给她？"小 Z 言简意赅地回答我："人家有枪。"

我说，OK，那还是命比较重要。总之起初的几个月，她总是告诉我她对那里的生活有多不适应，可是钱都花了，已经没有回头路了。

她出国之前，我俩有个共同的梦想，将来能够一起做一档电台节目，幻想着能够成为电台界的蔡康永和徐熙娣。随着她的出国，这个梦想就被搁置了。

逐渐地，我在大学认识了很多新朋友，她也越来越适应国外的生活。但好在那几年，我们始终没有断联系。

后来我大学毕业，从西安辞职到了北京，她在美国念完本科继续念硕士。《康熙来了》停播了，我从选角导演变成了一个公众号作者，做了一些想做的事情。她毕业一年以后，在美国举行了婚礼。

我们没有失去联系，可我们联系的次数却越来越少。

不知道为什么，后来她每次联系我都会问我现在每个月挣多少钱。有一天，她发微信给我，问我最近在做什么。我跟她聊了近况，她又问："你现在一个月挣多少？"我回答她还好吧，够我在这里生存的。她说:"不应该啊,以你现在的程度,应该过得很好吧,没达到那个标准,那应该就是挺惨的。"

过了一会儿,她说:"我要开公司了。"我对她说"恭喜啊",几分钟以后,她回复我,说:"怎么你语气听起来酸酸的?"

我不知道要怎么回答,就没再继续回她的微信。

前几天,我跟公司的艺人们一起去参加《吃吃的爱》首映礼。进场后,看见范玮琪和阿雅就坐在我的前面。电影放映结束以后,范范和阿雅哭得妆都花了,小S站在台上,问范范:"你那什么表情啊?也太精彩了吧,快转过去给观众看一下。"那一刻,我觉得自己又看到了《康熙来了》。

我有点失落。原因是就算播放了十二年的《康熙来了》停播了,康永哥依旧还能为小S拍一部这样的作品。而六年前我和小Z许愿想要一起做电台的梦想,好像永远也实现不了了。

我们都想成为"康熙",我们永远都不可能成为"康熙"。

后来,我看着康永哥把和我坐在一排的佩佩叫上舞台,向所有人介绍她,感谢她对电影做出的贡献。

我突然听到台上的康永哥对小S说:"S,你看到第二排的角落里坐着一个非常非常不起眼的人，他上了一期的《奇葩大会》就被淘汰了，可是，他的公众号很厉害。"

我还没来得及做反应，康永哥突然问我："你现在粉丝有多少了？"我回答他："一百万。"小S说："一百万？也还好吧。"康永哥纠正她："一百万在公众号里很厉害了。"接着我又听到小S说："你是说在路人里面算厉害的吗？"

我莫名其妙被叫上了台，小S问："所以，你口才到底是有多差，才被淘汰了？"我回答她："因为我那天妆太浓了。"

那天到最后，小S给了我一个拥抱。她说："如果你要夸我，就请你好好地夸我，我不要听但是，but，而且……"我跟她保证："一定没有但是，but，而且。"

我不知道该怎么去评价这部电影，如果只用好看或难看来定义，那它一定属于前者。

我看到邱晨老师在微博上引用《环形废墟》里的话："在做梦的人的梦里，被梦见的人醒了。"这部电影对于我们这些看着《康熙来了》长大的人，何尝不是他们为我们造的另外一场美梦呢？

那天我从台上下去后，左边胳膊一直发麻，值得开心的是，这一次康永哥记住了我的名字。我很紧张，甚至忘了对他们说一句最重要的话："谢谢《康熙来了》，让我有了目标，努力成为了现在的我。"

假如在最后,需要我对小 Z 说点什么,我想一定不是"你变了"或"我们回不去了"。

我想说的是:"假如有一天你公司倒闭了,老公也恰好搞了外遇,而我也刚好过气了,记得回来一起实现我们的愿望啊。"

复杂世界里，人有时比鬼可怕得多

01

从小到大我听过很多恐怖故事，庆幸的是，里面的情节从来没在我身上发生过。

唯一一次让我想想都觉得后怕的经历是某天好朋友约我去玩密室逃脱，那是在一家酒店的负一层。那家酒店从里到外透着一股衰败的气息，从进门的第一秒，我就开始明显感觉到不对劲，就是恐怖故事里说的那种汗毛直立，背后一凉。

密室的主题叫"尸家冢地"，我们进去之前，店长跟我们再三强调，他们可以安排NPC（游戏里的非玩家控制角色）躲藏在最后一关突然从棺材里蹦出来吓我们，看我们是否需要。我当即拒绝："别了吧,万一我受惊过度,指不定就失控殴打了NPC,医药费不知道得赔偿多少。"

密室的前几关,无非是给了些线索搭配血迹斑斑的道具,让我们答题闯关。

每次去玩密室逃脱,我最大的乐趣是放空,因为在那种高度紧张的环境下动脑筋真的不是一件容易的事情。我默认那些题我不可能解得出来,时间到了出不去,店家自然会来赶我们走。负责解题的主要是同伴,每次在解题间隙,他们还不忘讽刺我:"你到这儿逛街来了?"

那天的最后一关,就是店家说可以安排NPC吓我们的那关。一进门,我胳膊上瞬间起了层鸡皮疙瘩。屋子里弥漫着一股奇怪的气味,像某种肉发臭的味道。出于害怕,当时我一句话都不想多说,只希望快点结束,同时,我用眼角的余光瞥到屋子的四角立着四副棺材。

同伴恰好解开一道题,离我最近的一副棺材盖突然倒下,里面弹出一个穿着清朝官服的僵尸模型,径直倒在我的面前。

走出那家密室之后,我觉得自己很平静,但也意识到我的小腿一直在发抖。第二天,我第一次知道,人原来是真的可以被吓病的,我拉了一整天肚子,直到脱水。晚上我爸发微信问我:"怎么运动显示你今天一天才走了16步?"

02

我并不想做一个有封建迷信思想的人，但大概是由于心理暗示，有段时间我只要梦见狗，隔天一定会和人吵架。

大学有段时间家里养了猫，那天晚上我做了一个梦，那只猫无缘无故发怒，跳起来攻击我，我抄起一块砖头把它活活砸死。对一个从小到大只用放大镜烤死过蚂蚁的人来说，醒后我不寒而栗。带着这种沮丧的心情，当天下午还不得不去打工。

下班后七点多，我决定逃课回家。和朋友一起吃过晚饭后，当时两百斤的我决定走路回家，以达到锻炼的目的。我特意看了一下，时间才刚过晚上八点。

到了北大街附近，一个中年男人上前狠狠撞了我一下，我的左半边肩膀瞬间麻木。

按道理来说，我们两个的距离一定是可以完美地避开对方、相安无事的，但偏偏没有。我看到男人比我高出一头，颧骨高耸，面部的表情一看就知绝非善类。于是，我只好回头继续往前走，但我注意到，他竟然掉头跟上了我。

我故意绕到为数不多的几个路人中间，他依旧跟着我，接着突然加速走到前面，挡住我的去路。这时我才确定，他铁定是来找碴儿的。他用带有浓重口音的陕西普通话对我说："你把我撞了，连个'对不起'也不说，想咋？"我很尿地回答他："我刚才跟你说了，是你没听到，你需要的话我再跟你说一次。"他问："你觉得这个事要怎么解决？"然后向我伸手，说，"来，你跟我握个手。"

我的内心充满了问号。

他把我拉到路边台阶旁，说要和我聊聊。我表示拒绝，于是他强行拉我坐下，开始从衣服里掏东西出来。没让我失望，男人掏出一把水果刀，望着我的眼睛，说："兄弟，你看着办，要么你戳我两下，要么我戳你两下。"

我竟然没觉得紧张，跟他解释："刚才撞到你是我走路不小心，歉我也道了，你还要怎样？"他说："不用怎样，你就说这事怎么解决吧。"碍于他有武器，我也只好微笑着平和地跟他说："那您说个解决的办法。"他瞪着我，思考片刻，提出了要求："你给兄弟买盒烟，让兄弟看看你对我有没有情谊。"我在内心反问自己："情谊？您都要拿刀戳我了好吗？"

但毕竟对方有刀，我也面临着生命危险，只好对他说："好啊，我去给你买。"

看我愉快答应，男人立刻坐地起价，又说不想要烟了，改口道："不如你给哥们儿取点钱吃个饭吧。"我内心有些不耐烦，但也无可奈何。这时候突然想起前方不远处的十字路口,会有警察在那里执勤。

我对他说:"没问题,可我身上没有现金,只能去前面的 ATM 机取给你。"他迟疑了两秒,询问了我好几遍 ATM 机的具体位置,最后居然同意了我的建议,跟着我往那个方向走去。我不是没想过求救,但不知道怎么回事,那天街上的行人除了一个牵着贵宾狗的小女孩,连半个成年人都没有。

他突然开始跟我闲聊:"你家是哪儿的啊?"

我回答他在北郊区政府附近,他用非常江湖的口气说:"哥们儿整天在那儿怎么没见过你啊?"

我心想:"大哥,你还指望我跟你说实话啊?"没控制住自己,语气有点不耐烦地反问他:"那么多人你还能谁都见过?"

出乎意料的是,他没被我不好的态度激怒,追问我:"你今年十几啦?在哪儿上学?"我信口胡诌:"西北大学。"他说:"哦,西工大啊。"

这下我可以确认,这个人是真的没什么智商可言。

03

我们到了十字路口,本来我计划向交警求助,望向四周,交警此刻正站在马路的另一头——世界上最远的距离,差不多就是这样了吧。我只能继续往前走,唯一的希望是不远处的银行,假如没有保安执勤,我只能做好和歹徒拼了的打算。

他这时又发问:"你上大学,为什么不打个工?"

问完之后,他突然注意到我斜视着观察马路另一头的交警,开始发火。他声音低沉地说:"你别给我耍花招,小心我把你给结果了。"

接着,他又让人摸不着头脑地问了我一句:"你对兄弟有没有情谊?"

我内心突然特别冷静,据我当下的判断,以他的智商,应该是不会把我怎么样了。于是,我鼓起勇气,对他说:"没有,我又不认识你。"

他做吃惊状:"你再说一遍,回答好的话,我不要你的钱了。"

我问他:"不要钱你还跟着我干吗?"

说完这句话,趁他发呆的空当,我手刀(双臂呈手刀状)冲进那家银行夜间的营业厅,幸运的是,取款机旁边,保安正坐在那里执勤。那一瞬间,我觉得自己总算得救了。

保安看到惊慌失措闯进自动营业厅的我,不知道外面发生了什么。

我跟保安解释,门口有人要抢劫我,接着,保安面无表情地问了我一句:"那怎么办?"

我控制着自己濒临崩溃的情绪,对他说:"我报警好了。"我报了警,接着给我爸打了电话。

男人像恐怖片里演的那样,趴在营业厅的玻璃上瞪了我一眼。应该是看到了保安,男人像没事人一样,当着我们的面,潇洒地扭头走开了。

等警察赶来时,男人早就消失得无影无踪。

我和警察说明了情况,警察表示无奈,说:"这会儿人估计早跑了,我们到周围看看吧。"

回家后,这件事我没敢告诉爷爷奶奶。也是从那天开始,关于狗的梦境好像突然失去了效果,不管梦里看到藏獒还是吉娃娃,第二天也不会再有任何事发生。

我想原因多少和那天晚上的事情有些关系吧,在这个复杂的世界里,人有时可要比鬼可怕多了。

"野鸡公司"求生指南

有一段时间,我觉得自己可能找不到工作了。

连着一个月投的简历,每封都石沉大海,周一到周五找工作,周六周日全家人在餐桌上,三姑六婆像裹千尺吐枣核一样吐着瓜子皮,不屑地对我说:"早叫你找工作了吧,不听,就非要考研,就说你考不上吧?"

不记得过了多久,好不容易接到了一家写网络小说的公司的面试通知。我打车前往面试,面试主管看我骨骼清奇,让我当下写出两千五百字的"小黄文"。碍于没有相关经验,我只好放弃了这份工作。

直到收到了一家大型互联网公司的面试通知,我抱着终于要咸鱼翻生的憧憬前往参加了面试。

面试官有三个人,问了我一些没有记忆点的问题,还有"对电影有没有梦想",就让我回家等消息。三天后,HR 打电话说我被录取到了人物组。虽然我带着很多疑惑,但毕竟有工作岗位肯要我已实属不易,我没多想,还是选择了入职。

第一天上班,HR 带着我穿过人海,指着面试官里最像理发师的那个对我说:"这就是你以后的 leader(领导)。"他连发型都和理发店的 Tony 如出一辙,那一刻,我在心里暗自把他称作 Tony 老师。

Tony 老师带我到工位上坐下,让我熟悉一下工作流程,说完就径自扭头回到了自己的座位。周围的同事一脸冷漠,根本没人搭理我。看着大家面无表情地对着电脑发呆,我也不敢上前打招呼,好像这时候我未经允许开口说话,对他们都是一种冒犯。于是,一整天下来,除了上厕所跟吃午餐,整个办公室没人离开过桌子。

就这样过了三天,Tony 老师过来问我:"怎么样,工作流程你清楚了吗?"

我只好坦白告诉他实情,Tony 老师才想起来,他根本没告诉过我到底要做些什么。经过 Tony 老师一上午的耐心解释,我才了解,我们的工作,就是把全世界三至一百八十线的明星资料想方设法搜集起来,再复制、粘贴、上传到后台。

我听完一头雾水，问他，既然工作内容是这些，当初面试为什么会考我对电影的了解？Tony老师毫无保留地对我坦白："本来你应该去那个组的，是我向电影组的组长把你要过来的，我觉得你跟我蛮合得来的，特别适合在我这里工作。"

听完他的话，我的笑容僵在脸上，不知道应该做何反应。

在Tony老师手下工作的日子，每天累积的负能量围起来可以绕地球一周，因为他说的每一个字，你都只想告诉他：shut up（闭嘴）！然而这一切并没有什么用，他根本听不懂英语。

工作了一段时间我才知道，Tony老师的年纪并不大，他在公司待了快三年，从底层做起，做到组长的位置用了两年多。但根据其他知情人士反映，领导让他升职，只是因为和他同一批办理入职的人，除了他都已经离职了。

因此，Tony老师对这家公司的领导总是抱着感恩戴德的态度，把领导说的每一个字都谨记在心，绝不违背一丝一毫。在他的世界里，工作时间意味着"你们只允许做与工作相关的事，中午休息，不可以看电影！""你为什么要看无聊的综艺节目？上班为什么要上厕所？别以为我不知道，你就是想拉带薪屎。"

到后来，局势逐渐演变成"上班期间绝不许讨论跟工作无关的事情，只要让我听到，你们就等着加大工作量好了"。

有一天，Tony 老师特别神秘地把我拉到会议室，问我："你会不会剪辑？"我答："会一点。"

他心事重重地对我说："我想让你做一个关于明星速配的节目，就是那些已经结婚的明星，我们来为他们重新搭配对象，给他们速配婚姻。"

我当下满脸问号，但直觉还是让我立刻拒绝了他。

Tony 老师不肯死心，在小组会上，又通知我们所有人："你们必须做这个节目，因为我预感它一定会火。"

同事全部面无表情，但碍于 Tony 老师的领导地位，都做了退让，按照他的意思，最终做了一期分析"明星为什么婚后会出轨"的节目。得出的结论非常新奇——我们花了二十分钟的时间，从各个角度分析解剖，最后得出了一个这样的结论："他为什么会出轨？我们也不知道呀。"

后来这期节目被传上网，Tony 老师对我们说："你们知道饥饿营销吗？我们也要用这种方式来制作节目。这个节目，一定要神秘，不是谁想看就能看到的。"这个在他看来足以震惊综艺界的节目，点击率最终高达七次。

他给上传至网络的节目加了密码，我们都很想问他，这样会不会太神秘了？

在我犹豫着是不是应该离职的某天，刚好看到公司 HR 在招聘内容编导，我私信她，说想试试，因为每天连续八个小时的复制、粘贴，真的是一件很挑战人类极限的事情。

HR 考虑了一个下午，介绍我过去面试。

一进会议室，我整个人傻了眼，眼前负责面试的领导正是某次公司在农家乐聚餐，坐在我旁边的鼻毛男。

那次聚餐也着实让人摸不着头脑，公司在 QQ 群里昭告大家，鉴于公司来了很多新同事，为了增进同事之间的友谊，公司决定组织大家去农家乐一日游，但是，经费有限，大家自己承担车费和午餐费，公司可以帮大家叫车。

那次聚餐 Tony 老师因为去相亲，没有参与，所以我们剩下的人就都去了。

上山之前，一位长发及腰的男子告诉大家，我们可以把包放在他的车里。他在说这句话的时候，我的注意力只停留在他随风摆动的鼻毛上。直到一个女孩突然拍了我一下，说："你这个'赁'的衣服好可爱哦。"

我疑惑，问她："什么是'赁'？"

她嫌弃地看着我说:"就是这个小熊啊。"

十几秒后,我明白了她说的是韩国 line 系列的 T 恤。

那时我根本没想到,鼻毛男居然会成为我在这家公司经历的第二任领导。

几天后,面试结果出来了。HR 通知我可以准备转岗,但让我先别声张,由她去和 Tony 老师沟通。

我去面试这一系列事,Tony 老师都不知道。两天后,Tony 老师把我拉到小黑屋,说:"我跟领导推荐了你去做节目,你可以转岗了,你要好好表现,我真的觉得你很棒,就不用谢谢我了。"

我终于要离开他了,所以不想去揭穿什么,兴高采烈地收拾了东西,从楼上搬到了楼下。

谁知道搬到楼下后,才遭遇了事业上的第一次滑铁卢。

在我的新工位附近,每天都可以闻到一股浓烈的狐臭味。于是,当时还不懂职场规则的我没忍住发了一条微博吐槽。当天下午,一个神秘人拍了拍我的肩膀,我回头,发现是一个面色惨白的女子。

她姿态高冷如雪,问我:"你为什么羞辱同事?你不知道人家小张自己也很苦恼吗?人家招惹你了吗?为什么要发微博讽刺人家?"

我目瞪口呆，因为我根本不知道狐臭的源头是小张。

"人家那样也算是生病，你凭什么嘲笑人家，有意见当面说出来不是更好吗？微博给我删掉，以后，我会关注你发的每一条微博。"

一切始于这个不好的开端，我才明白了，调组后的日子，并没有我想象中的太平。

比如无论晴天下雨，我领导的鼻毛始终翘立在鼻孔外 1cm 左右的位置。这样一来，每次开会的时候，我的注意力都很难从他那里转移到别的地方。加上他油光锃亮的头发，时常让我想起 Tony 老师。那时我一度怀疑，这家公司的论资排辈，完全是根据个人卫生习惯的等级严格计算的。就像你上学时一定听老师说过："认真学习的人哪有时间打扮？还是把时间花在正事上吧！"

鼻毛男手下有三个女孩，在每周例会上，鼻毛男一定要点名表扬一个扎着羊角辫的女孩，让我们多向她学习，因为她每个周六日都会主动来公司加班。

后来我发现，她每个周六日的确都会准时到公司打开电脑玩《三国杀》，她偷偷告诉朋友，这样就可以不用在家开空调了。

鼻毛男还有个最大的爱好，就是找人谈心，从周一到周五，全月无休。可怕的是，你完全不知道他想表达什么，而他什么都表达，又什么都表达不清楚，还偏偏不允许你在他发表意见的时候插嘴。

如果你在他发言的过程中说了一分钟的话,他一定会把这一分钟用尽全力补成五分钟的量还给你。在谈话的同时,他还会一边抠着袜子,一边用抠过袜子的手上前拍你的背。

我曾经觉得失业很惨,但没想到,找到一份这样的工作,比失业还要痛苦。

某天,鼻毛男又跟我谈了两个小时的心,我当下只觉得生无可恋,这时,我的QQ开始闪烁。

我点开群聊,发现一个女生在群里@我,下面带着一行字:"Tony老师刚才在例会上说,叫我们千万不要学你,做人当面一套,背后一套。"

Tony老师的QQ空间,每天都会转发"不转不是中国人""作为中国人你必须知道的100件事"。

那时我们有一个工作群,因为Tony老师总是无理取闹,上班时间甚至不允许我们上厕所,所有人有次组队给他回复了微笑的表情。从此他明令禁止,不许我们在任何时间在群聊的时候发微笑表情,因为他说他个人非常痛恨微笑表情。于是我们建了一个没有他的群。

调组后的第一个月,我的工资绩效还是由Tony老师打分,分值最高是五分,那个月我得了一分,因此我只拿到了八十块的绩效工资。

我发消息问他:"老师,是我哪里做得不好吗?"他回复我:"我觉得你就值这个分数,不服,你就去跟领导告我吧。"

我在心里仔细盘点,确认没做过什么得罪他的事,甚至他在我面前邀了一份完全不属于他的功劳,我也没有当面揭穿他。

因为被他的回复气到,我用邮件给他发了一个长10cm宽10cm的微笑表情。为了不让他回复,最后我把他拉黑了。

关于他说我当面一套,背后一套,因为没有确凿的证据,况且人微言轻,我也只能选择不去追究。

羊角辫女孩的确是一个怪人,她一个月有二十天都在相亲,每次碰到她,总能听到她和她的闺密大聊自己昨天遇到的相亲对象又如何让她不满意。每次我都得强行抑制住自己想冲上去提醒她的冲动:"挑别人问题的时候先看看自己,你身上那条蕾丝长裙,蕾丝几乎都要掉光了。"

人最可怕的事情,是活在自己制造的假象里,还认真地觉得自己就是这样。

因为鼻毛男每周都夸赞羊角辫女孩工作认真,她开始认真地觉得自己就是一个劳模,并且逐渐开始公然对我们几个人的工作提出质疑。

有一次她在例会上打断我说话,使用带着口音的英语质问我:"你做了这么久的节目,没有一点自己的矮弟儿(idea)吗?"

看着她在例会上口若悬河，展望着"如果做一个动物版的《非诚勿扰》一定会火遍全国"，那一刻我突然觉得，她如果和 Tony 老师牵手成功，才真的是天造地设的一对。

我低下头，试图不去看她张牙舞爪的模样，刚好看到鼻毛男正在用手揉搓自己的脚，袜子被他提到小腿，上面还烂了一个很大的洞。

那一天，我在人生中第一次产生了无处可逃的绝望感。

后来我终于开始独立负责一个节目，主要工作是寻找素材、撰写文案。另一个女孩小张负责剪辑，这个节目片尾的署名大概有两百人，却唯独没有我。

小张的 title（头衔）是节目制作，鼻毛男是制片人，就连完全没有参与的羊角辫女孩都挂了导演的名字。我去跟鼻毛男反映，他对我说："年轻人，不要太在乎这些名义上的东西。"

为了增加点击率，鼻毛男每周派我去做街头采访，采访的问题只攻下三路，比如，我需要在大学校园里抓住过往行人，问他们："第一次性行为在几岁？"或者是专挑一些情侣，问男生："我可以亲你女朋友吗？"我旁边的同事负责拿相机记录男方的反应。

我非常担心，这份工作会不会导致我当街被人暴打致死。

那段日子我很讨厌自己，因为我每天计划着辞职，却根本没有辞职的勇气。有一天，我在刷微博，看到了一份工作招聘启事，工作地点在北京。在那之前，我从来没想过有一天要离开老家。

我和自己打了一个赌，告诉自己，投一次简历试试吧，如果得到机会，就去；如果没得到，就踏实地接受自己并没有什么不一样，也不许再觉得自己"鹤立鸡群"，说不定，我只是鹤群里的鸡。

投完简历两天后，我真的得到了面试机会。我怀着忐忑的心情向鼻毛男请假，一个人踏上了去北京面试的旅途。

和我坐在同一节车厢里的是一家IT公司的高管，在路上他问了我去北京的原因，最后得出结论："或许你去了以后会发现那里跟你想的完全不同，到时候你就会踏实地回去了。"

被他说中的是，面试完我的确发现，北京跟我想象中的完全不同。面试官说，放下你从前的工作经验，从实习生做起，实习期三个月，你能接受吗？我嘴上答应，但心里始终犹豫不决。离开北京的那一刻，我大概确定了，这个地方好像不属于我，所以我应该是不会再来了。

回到公司，一切如常。鼻毛男觉得我工作不积极，还专程为我拉了一个节目拉片单。

照理说，Tony老师应该已经从我的生活里消失了，可他为了刷存在感，每周都跟自己的组员强调："你们千万不要学高嘉程，走都走了，还拉黑我，他这个人啊，情商太低了。"

有次他的组员在社交网站上发了一条朋友圈，大概是一段针对 Tony 老师的侮辱性的语句，我没忍住，跟在下面回复了一句：表示认同。

于是，在那个午后，惨白女再次把我带去了小黑屋。

惨白女说，据 Tony 老师反映，他的内心受到了极大的伤害，我必须在全公司的领导面前跟他道歉，否则这件事他不会轻易了结。

招聘我进公司面试的 HR 听说了这件事，把我叫到会议室，问我："你怎么又不成熟了？"

我理直气壮地回复她："出来工作，如果不是为了钱，就应该是为了做我喜欢的事，如果这两个都不能满足的话，我凭什么还要忍受这些莫名其妙的人？"

现在的我才深刻意识到，说出这样的话，那时的我本质上和 Tony 老师根本没有什么区别。一个扛着"初生牛犊不怕虎"的幌子在职场中横冲直撞，另一个打着"倚老卖老"的幌子不断进行自我欺骗。

至于"出来工作，如果不是为了钱，就应该是为了做我喜欢的事"这句话，现在看来，为钱，你总得有能够赚钱的价值；为了开心，在这个世界上没有一种工作是只为让你开心才存在的。

HR 心平气和地跟我解释："两件事一码归一码，无论如何，骂人这件事一定要道歉。"我不想让她为难，接受了她的意见。

　　Tony 老师带着一个长得像泥鳅的男人坐在我对面，全程不肯和我直接对话，他望着 HR 说："我觉得我受到了很大的侮辱，我必须听到他对我说：'老师，对不起，请你原谅我。'"

　　那一刻我的脑神经又崩断了线，我干脆地学着他的样子，对 HR 说："让他做梦吧。"

　　泥鳅男怒拍桌子，问我："你这什么态度？"

　　我笑着说："他什么态度，我就什么态度。"

　　Tony 老师瞬间气得浑身发抖，终于肯和我正面沟通："你再用这个态度，我就去跟领导讲啦。"

　　我不急不慢地说："加油哦。"

　　十分钟后，鼻毛男带着公司的负责人走进了这间办公室。Tony 老师没想到，最终的结果是我们被各打五十大板——被命令回去各自写一份检讨书。

　　从那之后，Tony 老师再见到我，都假装没有看到身边有人经过，始终把我当作空气。

　　一个月后，公司领导在工作大群里兴高采烈地说："告诉大家一个好消息，总公司要举办年会，邀请我们一起去北京啦。"

生活就是这样鬼使神差，一个月前我才说服自己放弃北京，而一个月后我又要踏上前往北京的列车。

年会在工体举办，但那是我参加过的最像庙会的一场年会。

压轴的节目，是七个裸着上半身的男子，扮成葫芦娃的造型，当中一个打败了其他六个成为最终赢家。直到节目结束，我们才搞懂这个节目的寓意：其他六个颜色的葫芦娃，分别代表了其他几家竞争对手，而胜利的那个颜色，是代表着我们这家公司的颜色。

我走在北京的街上，突然想问自己一个问题，坚持做一件你觉得不对的事，到底有意义吗？我发现我得不出结论。在离开北京之前，我给北京那家公司负责招聘的同事发了一条短信，说我想清楚了，无论最后是否会留在这里，我都愿意过来试试。她很快回复了我简短的两个字："好的。"离开北京后，我向鼻毛男提出了辞职，他丝毫没有挽留我的意思，立刻表示同意。惨白女这时却又出现了，质问我："你现在事业正处于上升期，怎么能轻易辞职呢？你惹了那么大的事，公司都没有劝退你，你自己还要辞职？"

我没向她多做解释，欺骗她家里帮我找了带编制的工作。她听后沉默了一阵，说："看来你还是要跟大多数人一样啊，那我也恭喜你吧，有个稳定的归宿挺好的。"

我今天过着什么样的生活,他们可能从未得知,也从未想过要得知吧。那天的最后,我没跟她多做解释,因为我已经彻底明白了,或许他们永远都不会理解,最好的编制,是你能对自己的人生进行安排。

不将就，才是这世上最大的美德

收到一封微博私信，被询问：大学所学的专业不喜欢，现在做的也是不喜欢的工作，还有不喜欢的同事，要不要辞职？

我决定讲几个故事。

大学第一份兼职，有一个领导，暂且称她为 A 女士。A 有个常年在家吃软饭、过着被她包养的生活的小白脸，不知道是不是因为小白脸的不间断劈腿，导致 A 女士心态开始扭曲。只要心情不好，A 便以骂同事为乐，尤其热爱排挤做兼职的在校大学生。

有次我发烧，病到半死不活的程度，嗓子几乎发不出声音，打电话向她请假，A 铁面无私地说："不行，没有人可以替你，请你对待自己的工作有点责任感。"

我真的去上班了，她看到我的第一句话是："哟，这不是还能来上班吗？我以为多严重呢。"那天带着病上完夜班后，我大病了一场。

大学的某个暑假，A女士要求我们每周必须做三天以上的兼职，直到离开学只剩一周，我跟负责排班的A申请休息一周，A愉快地答应了，结果第二周我去上班，班表上写着四个连着的夜班，一口老血差点没把我当场呛死。另外一个女孩更惨，因为休了年假，A奖励给她七天连着的夜班。

当下我真的有种想把她的头按进冰槽里，再用打奶棒把水蒸气灌进她大脑里的冲动。

后来我调到了其他店，又出现了一位J女士，J女士堪称改革开放以来最大的白莲花，每次同事之间开个黄腔，她都要尖叫着捂着耳朵跑开，还不忘骂我们"臭不要脸，好恶心"。

可是她结婚都好几年了。

有一次我脖子上长了一个囊肿，去医院做了个小切除手术，包着纱布去店里上班。J女士看到我，问："你能不能把这个拆了，客人看到你这个会害怕的。"

后来我把领子立起来，像个20世纪80年代的婚礼歌手，J女士才没再说什么。

有天下水道出了问题，维修的师傅在我们下班之后才可以修理，J理所当然地对我说："你留下来陪我。"我问她原因，她一副无所谓的态度，说："给你算加班啊。"

那时的我还不理解干一行爱一行，只觉得已经凌晨三点了，一个小时九块钱的加班费，怎么能被她说出"我能靠着它发家致富"的感觉？

我告诉她我必须回家了，因为家里的老人还在等着我。J不解地看着我，对我说："你什么时候才能长大？绅士一点，万一那个师傅对我起歹念了怎么办？"

坦白说，以她的姿色，如果让师傅听到了这段话，指不定会起了歹念，拿修理工具敲她的脑壳，一边敲一边问："谁给你的自信？"

后来在接触服务行业的一年多里，我没明白自己想做什么，但却明白了自己一定不要做什么。

服务行业在我们所在的社会环境里，即使大家做着光明正大、靠着双手劳动过好生活的工作，依然会被一部分所谓的"上层人士"，甚至一部分同事所歧视。

在毕业之后，我考研失败，就决定先工作，两周之内连着投了几十份简历，却始终没有电话打来。好不容易有家网络文学公司通知我面试编辑职位，我的好朋友朱小姐决定陪我一起去。

从公交车上下去之后，眼前的大楼就像电影里那种闹鬼的老房子。找到入口到达四楼，我们费劲地找到那家公司，打开大门，接着两个人都惊呆了。

那家公司就像一个黑作坊，巨大的办公室里摆放了无数张桌子，每个坐在桌前的人都眼神空洞地对着电脑噼里啪啦地打字。

一个谢顶的男人过来问我："你来面试？"我说："对的。"

他拿出一份卷子扔在桌上，说："你答好了给我看。"

我找了张没人的桌子坐下，开始答题。前两部分还算正常，基本是询问平时喜欢看哪类书、喜欢的作家是谁，然而最后一题，跟前面的内容一比，就是一道惊天炸雷。

一篇赤裸裸的黄色小说摆在我面前，内容大概是一个叛逆大小姐非要参军，结果爱上了将军，两个人没日没夜地在沙漠里、帐篷里、喷泉旁、蚊帐里、窗户外、庄稼旁，以及在世界各地——交配。然后，请我续写这部《种马将军》的第二章。

我站起来，把试卷拿给谢顶男，告诉他，我觉得这份工作可能不适合我，谢谢他给我机会，我要走了。谢顶男不可思议地看着我，问："你来的时候怎么不想好呢，眼界还高得不行，那你觉得你适合什么？"

我和朱小姐扭头就跑，逃出大楼以后，朱小姐问我："咱们要不要报警把这儿一锅端了？"

一周后，我在某视频网站的二线城市分公司找到了工作，这家公司对所有未接触过这个行业的人来说，似乎是家可靠的大公司。

入职的第二天，一个很多年没联系过的高中同学 W 突然打电话给我，问我最近好吗，我说才找到工作，没有很好。他立刻吹嘘一番自己现在在某"半国企"里工作，有双休，工作特别清闲，邀请我辞职过去和他一起工作。

因为对他这个人人品足够了解，我拒绝了。半个月后，W 打电话给我，问我："你们那儿还招人吗？"

又半个月过去，W 入职这家公司的另一个小组，时常会"不小心"跟我透露："我们领导对我们超级好。""我的工资好像比你高了两百元。"对于这些，我什么也没说。

入职一段时间后，我发现公司跟我想的完全不同，公司喜欢传播的内容就是"女性裸露"，或者"男性如何才能看到女性裸露"，再或者"男性这样看女性裸露就不会被发现哦"等内容。

我每天跟 W 结伴回家，不时跟他吐槽，因为我做的内容不够低俗，被领导教育了，说我不够了解用户，那时我多后悔自己没留在网络文学公司啊，说不定《种马将军》的第二部、第三部我早写完了，已经是网络文学界的新秀了。

在那家公司工作的一年里，家里发生了一些变故，W 时不时跟我许诺："需要帮忙随时找我！"事实证明，当我真的需要帮忙时，他总是会消失得恰到好处。

后来我得到一次珍贵的面试机会，但有些纠结，难点在于，要不要放弃自己稳定但"混吃等死"的生活，到另一座城市重新开始。W 劝我："别去北京啊，你去了只能每天吃地沟油，住地下室，而且那里有多少强人啊，以你的能力，你能做什么？"

听完他这番话，我决定辞职。

在北京一年多，W 从来没联系过我。

后来，以前关系不错的几个同事建了一个微信群，我和 W 也在其中，看到有人 @ 我说，看到你的公众号啦，还不错哦。W 在后面回复："有什么，写一些自以为是的东西，能怎么样？"

当下我没沉住气，回了他一句："你最厉害，那家公司倒了你也不会走。"过了一会儿，W 退群了。

两分钟后，他发了这样一条朋友圈：

"别用你廉价的优越感在我面前秀，因为再给你一辈子你还是不如我，从前是，现在也是。用小人得志形容都不恰当，起码你得先得志啊。"

我点开他的微信，问他："有什么话不能当面说吗？"

过了一会儿他回复："这几年你有把我当朋友吗？"

我问他："你觉得什么样才叫朋友？"

他说："你心里明白，我也明白。你要觉得没意思，把我删了就好了，我那话就是给你看的，我不想把我们从高中到现在的友情变成一种恶心的关系。我如果直接把你删了，才是不负责任，就这样吧。"

我惊愕到无话可说，回了一句："这几年，我们应该都没怎么关注过对方吧？"

W 说："连我妈都关心你，你竟然说我没关心过你？"

我把他拉黑了。

你认为，你高中付出的努力白费了，最后上了一个不满意的大学，其实不是大学有问题，可能问题出在你周围存在的都是让你感到困扰的人，但你有没有发现，你也是他们当中的一员呢？

毕业之后找不到满意的工作，不全是因为你的文凭，可能是因为你大学四年的大部分时间都用来抱怨自己身处的环境有多差，而没搞清楚自己为什么会这么差。

工作以后觉得生活充满了负能量，但让你接收到负能量的，不是工作本身,而是和你一起工作的人,还有你自己的玻璃心。

　　现在我才意识到,对我来说,不将就,才是这个世界上最伟大的美德啊。

北京租房指南

我来北京工作之前,在北京生活的传闻让我闻风丧胆,比如一夜之间山穷水尽的感受:并不需要创业失败,你只要交完定期的房租就能体会。

以前在西安,从没租过房子,在"野鸡公司"上班的时候,同事们工资只有一千八百元,每个月要拿五百元去租一个十平方米的次卧,那时觉得他们的生活艰辛度和难民不相上下。直到我来了北京才意识到,我们这样的人,哪配得上被称为难民呢?

在西安,路边贴得最多的广告是无痛人流。租房的问题上,在58同城这类网站,运气好还是能找到一些信息基本属实的房子。一千五百元,在距离市中心四五站地铁的地方,就能租到两室一厅。略微高级些的高新区,两千六百元可以租一个复式。而在北京,你能选择的地方有限，一千五百元左右，只能选天通苑、回龙观，或者昌平。想住市区，那么，等着你的只有隔断间。

第一次在北京租房，是在2015年的春天。

刚开始的两天我借住在朋友家，跟中介约好时间，他说是那种拎包入住式的公寓。从定福庄出发坐了一个半小时的地铁到达回龙观，出站后，又走了将近四十分钟，终于到了一个耸立在荒地之中的小区。

进屋不到五分钟，我就决定定下。朋友劝我再看看，中介在一旁施压，说好屋子可不等人。当天晚上，我跟中介签了合同。因为感觉再坐两次这样的往返地铁，我也许会老死在租房的路上。

那个小区除了离地铁远，只能靠步行到达，途中还必须穿越一个一公里左右的铁道。上铁道的那条斜坡，让我觉得自己每天都在Cosplay（扮演）《还珠格格》里紫薇爬围场的那段，而且还没有小燕子陪同。

在那几个月里，我蝉联微信运动排行榜前五名。

室友是一个IT男，长相略微猥琐，每天在卧室里开着音响看《快乐大本营》，除了上厕所，几乎从不出门。在某个周日下午，从他的屋子里传来一声惨叫。我还以为发生了凶案，秒速拉开窗帘，却没发现任何异常。

这时，从他屋子里又发出了第二声惨叫，我走到卫生间，看到洗脸盆里放着一件红色的胸罩。从那天开始，我发现一个固定规律，每个周日那个胸罩的主人都会来这里，和他固定十五分钟云雨后，迅速离开，追风少女一般，一刻不停留。

除了室友对身为单身狗的我的精神凌虐，那间屋子并没有给我留下很多太差的记忆。所有不美好的记忆，都被后来的这间给占据了。

当时公司要搬去东边，我约了已经住在附近的曹某陪我看房子。因为收入低，只能放弃有电梯和保安的基本需求，选择了散发着浓重养老气息的姚家园西里。当然，最可怕的是，我们找了一家黑中介。

网站上写着拎包入住，图片显示着清新的宜家风格装修，并且还标注了室友已经入住。走进屋子，我们却看到工人正在施工，四面墙都是毛坯状态，根本不知道从哪里看得出是宜家风格，也不知道室友是否就是眼前的装修工人。

矮胖秃瓢的中介背着淘宝爆款背包，向我保证一天之后屋子会和网上的照片一样，我只能选择跟他微笑说再见。

第二个没什么大问题，除了屋子里散发着一股奇怪的体臭味。

第三个是一个复式，让我觉得很高级，但我发现楼下住了四家人，楼上居然还住了四家人，八家人要共用一个厕所！出于好奇，我进去看了一眼，看完发誓，我就算憋到七窍流血，也不会想使用那个像是贞子来了例假，使用完还没清洁一般的厕所。

第四个，中介说是一间主卧，附带一个阳台。屋里除了一张床、一个衣柜、一台空调和一张破茶几，墙上还挂着一个特别迷幻的钟表，是20世纪90年代初公共浴池里会挂的画着迎客松的那种。它每小时定时播放电子乐报时，怎么都无法关掉，随着电池电量耗尽，它发出的声音就像六十岁的吴莫愁迷恋上了抽烟并且染上了嚼槟榔的恶习。

因为当时着急搬走，我立刻给中介交了订金。

打算搬家那天，家里发生了意外，等处理完回到北京，已经是半个月后了。在北京十一月的午后，我站在自己的新家里，发现，我的屋里，没有暖气。

随后还发现，客厅的灯几乎不亮，开了不如关着省电。我的卧室晒不到太阳，空调打开后发出的巨大声响就像绿巨人在管道里唱跳《舞娘》……我怀疑自己当初看房的时候，是不是被人下了变蠢的降头术。

我打电话跟中介掰扯，对方摆出一副"室友们啥都没说，你咋那么娇气？"的霸道态度。朋友代签合同时，中介承诺配套的空调遥控器还有电暖气，一样都没有。中介在电话那头冲我说："连这点钱，你都掏不起吗？"

碍于房租没到期，我始终没删掉他，而我最无法理解的是，中介时不时会发微信给我，不看内容，我甚至觉得他在暗恋我，但每次打开微信，"我怕初一的祝福太多，会被淹没，看在我真心祝福你的分儿上，发个红包行不行"。

　　另外几间房里，其中一间住着一对情侣，他们就像《疯狂动物城》里兔子隔壁的那对羚羊，每天的日常是：吵架，和好，吵架，再和好，然后继续吵架。

　　另一间住着像鬼片主角的女孩，我住了快一年，只见过她三次，当中有次还是在半夜开门上厕所的路上。

　　住在最小的隔断间里的，是一个夜场的保安大哥，如果你经常去三里屯，那些挡住你去路，逼问你"去酒吧吗？有钢管舞表演"当中的某一个，很可能就是他。

　　一年以来，屋子不断有东西损坏。我搬走前的最后一个月，东西损坏的速度达到了每天一次。

　　第一天，卫生间的灯不亮了；第二天，水龙头开始漏水；第三天，客厅里本来就不怎么亮的灯彻底黑了；第四天，洗衣机无法烘干；第五天，洗澡时莲蓬头的支架碎裂了；第六天，厨房的管道漏水，到了淹没脚踝的程度……

　　写到这里，我看了看这间屋子，我只想哭着跑出去。

　　后来我和同事聊到"你们住过的最烂的屋子是什么样的？"我的同事，一个一米九的壮汉思考了一阵子，发了下面这段文字给我：

还记得那是个雨天，我从六号线物资学院路下车，原谅我那个时候不懂五环外那光怪陆离的世界，我只是以为地铁上的站怎么着都是城内吧。然后我看着58同城上的地图从地铁站开始了旅途。穿过周末白天人影萧条的康庄大道，招牌晃晃悠悠发着惨叫声的比萨店，以我不成熟的英文，它貌似叫好……比萨。在半个多小时的路程中，我向好不容易抓到的老大爷问了路，说出地名他露出一种我不明白的高傲和费解，最终，我来到了一个垃圾站。顺便说一句那天下了雨，很大的那种，我的面前是一片沼泽，它的紧实程度让我不敢说这叫水洼。本来到这儿以我的性格应该头也不回地走了，但是一千块的房租让我不由得停下了往回走的脚步，我轻快地、悲壮地滚了过去，然后走了十分钟能让神鬼退散的小巷子，当我看到接我电话的房东赤着脚从一个两层的集装箱走出来的时候，我恨不得当场咬断舌头，没错，一千块，一室一厅，独立卫浴，宽敞明亮，月付无押金，指的是，一室等于一厅，马桶上有喷头，在靠着门的角落给你开辟一条生理排泄用管道，宽敞是因为屋里只有一张木板床，学生宿舍版，睡觉还限制睡姿的那种，没有室友，反正隔着墙不耽误交流，简单装修木棉风，原汁原味的铁板和木板，城市里的乡村野趣大约就这样。感谢这次经历，让我回到城市的怀抱，年轻人就是要对自己好一点。长吐一口烟，旁边的大哥放的应该是汪峰高潮时惨叫出来的："……北京，北京。"

以下是给初来北京租房的朋友的一些建议：

第一，千万要小心租房网站上的信息，很多网站已经被大量的骗子占据，你要知道，上面贴着的照片和信息，真的，大部分都是假的。

第二，豆瓣小组里有一些合租是靠谱的，但仍请小心被居心不良的人骗财骗色，如果看到"年轻男白领找一个女生合租"这样的帖子，尽快让他滚蛋。

第三，如果找不到真实的房东直租，还是找一些大的中介，他们还是相对靠谱的。

第四，你要知道，即使到了大城市，如果你不努力工作，晚饭依旧只能吃路边的小吃，而且只买得起一笼蒸饺。回到贫民窟一样的小黑屋，关上门只许默默流泪，不敢大哭，因为会吵到室友，这就是你的日常。

相反地，努力工作，也许某天，你就能每天在两百平方米的房子的落地窗前醒来，敷上两千块钱一片的面膜，止住眼泪。

搬家记忆

01

我来北京不到三年,搬过四次家。

最初我住在回龙观,不知道很多刚到北京的年轻人是否和我一样,初听这个地名,由衷感受到一种大气磅礴。从地铁十三号线下来,看着眼前的一切,我才发现,眼前这个城乡接合部,不就是一个丑女还取名叫志玲吗?本人跟名字有一毛钱关系吗?

这一带因为坐落着很多 IT 公司,所以聚集了大量在此地上班的 IT 男女。剩下一部分不干 IT 的,比如我,跋山涉水选择了这里,完全是出于房租便宜。

我在北京租过的第一个房子,房租每个月一千二百三十元。房间六平方米，只摆得下一张书桌，以及一张一米二的单人床。室友是两个IT男，有一个常年不回家，剩下的那个永远把自己关在房间里看综艺节目，所以他们到底是什么样的人，对我而言至今是个谜。

我从小看过很多情景喜剧，尤其大学时期看了《老友记》后，对群居生活无比期待。当时总在幻想，毕业后和一群"臭味相投"的好朋友合租一个大别墅，每个人凭着自己的兴趣爱好装饰各自的卧室。每天下班回到家，大家都可以交流这一天你又遇到了什么有趣的事或令人发火的遭遇，晚上像大学宿舍一样夜聊到必须熄灯才睡。而现实的差距总是比你幻想中的还要大，工作以后，大家连通电话的次数都越来越少了，想彻夜长谈宛如痴人说梦。

社交圈有限是很多当代年轻人最明显的问题。为了拓宽交友范围，有段时间我很努力地跟着北京的朋友四处社交。

万事开头难，所以最开始认识的几个人，也都比较可怕。

包子就是其中一个，人如其名，这个姑娘体重两百斤上下。都说爱吃的女孩性格不会太差，但却没人提醒过我，不是每个爱吃的女孩为人都不会太差。包子是我朋友的朋友，第一次见面，朋友向她介绍，说我在一家大的互联网公司工作，包子眼前一亮，整晚游荡在我身边推杯换盏，像是跟我相见恨晚。我也暗自庆幸，你看，认识新朋友，哪有想象中那么难？

酒过三巡，包子问我："你在那家公司是什么职位啊？"

我没有多想，回答她："我现在还是实习生。"包子不可置信地"嗯？"了一声，之后就从我身边挪开了位子，从此再没有跟我说过一个字。我想起很多年前中学老师说过的一句话："社会上的人啊，比你们想象中的复杂多了。"

可我相信的是，不是每个人都会带着目的接近你，时常多问自己几句："你以为你是谁？"你就会发现，大多数时候，别人对你根本也无利可图。

直到遇见大飞，我才觉得终于找到了能够当室友的人，所以在他第一次邀请我搬去合租的时候，我只考虑了一会儿，就欣然转租了自己的屋子，搬到他住的地方了。

02

搬去大飞住的小区，我感觉自己像第一次进城，他住的小区紧邻地铁，门口就是花园和喷泉。可直到搬过去我才知道，我们两个要分享的是一间卧室。那时我的房子已经转租给了别人，无法回头，只好硬着头皮跟大飞生活在了一起。

好在刚开始我们工作都比较忙，至少晚上回家能说话的时间并不长,气氛也说得上融洽。问题总是一点一点积累的,它不会杀你个措手不及,只会让你心力交瘁。我逐渐发现,大飞这个人,有严重的知识崇拜,知识崇拜也就算了,他知识崇拜的对象,是他自己。

大飞毕业于北师大,或许这是让他很骄傲的事情,无论发生任何事,他都会说:"我一个北师大的毕业生……"一次两次还好,三番五次下来,你会觉得这个人不光讨厌,脑子还有点问题。在大飞眼中,似乎不是这个学校毕业的学生,就没资格发表任何观点。为此我们发生过很多次不愉快的争执,最严重的一次,我甚至当下就要收拾东西搬走,虽然我根本不知道自己能去哪里。

久而久之,我对他的耐心也越来越少了,经常在他说话的时候直接转身离开,放他尴尬地留在原地。有次我们在看《奇葩说》,聊到前任的问题,大飞便悲从中来,说他至今仍旧放不下前任。那个姑娘是学民族舞的,他们同居过半年多,用大飞的话说,姑娘的性子太野,留不住她,短短半年出轨不下三次,后来大飞忍无可忍,在一个傍晚替她收拾好了行李,哭着把她赶走了。

那一刻我也有些难过,原来每一个讨厌鬼,内心也都有柔软且不可触碰的一块地方。

后来我工作越来越忙,大飞工作上也遇到一些问题,公司准备派遣他去上海出差半年,大飞问我愿不愿意独自承担房租,或者他留给我足够的时间让我找房子搬走。我前脚刚找好房子，大飞又说公司不用他出差了，叫我把已经放在朋友家的一部分行李再搬回去。

搬回去没几天，大飞又要被派遣去杭州，我只能再次开始找房子。有个周末我跟他提前打过招呼，说看完房子晚上去朋友家，不回去了。我朋友那天却刚好忘记了我们的约定，出了远门，我只好搭上了回家的地铁。

推开家门，我发现家里异常安静，再推开卧室门，听到浴室里传来了流水的声音，我默认为大飞下班后在家洗澡。我放下了背包走到书桌前，却看到了一部手机，从上面镶钻的手机壳以及带着毛绒兔子的配件，我大概猜到了什么。

这时，我还没走到浴室跟前，听到里面传来了大飞和一个女人的声音，我背后一凉，想说，这种狗血的剧情怎么会真的发生在现实生活里？我快速地穿上外套，背起包，以最快却最安静的方式离开了屋子，在最后一班地铁发车之前坐了上去，内心只庆幸一件事情，还好他们两个没有裸着从浴室里出来，要是那样，未免也太精彩了。

一个星期以后，我找好了房子，决定正式和大飞告别，大飞听说了我误入家门的事情，一脸惊讶地质问我："你真的回来过？为什么我什么都没听到？"

我对他说："那种时候，你哪还有心情管别人死活？"他笑了笑，说:"也是哦。"

03

那次搬家不算费力,两个人挤在一间卧室,总共也没有多少行李。我从北京的西边搬到了东边,才是真的要适应的事情。以前来北京旅游,去的都是故宫、雍和宫之类的地方,那时我认为,像这样的地方才是北京。工作以后,才理解了别人说的"北京太大",大到为了节省上班路程,只能选择最方便乘坐地铁的附近郊区。而这些地方像北京吗?它们虽然和我们理解中的北京不一样,可它们确实是北京真实的一部分啊。

富贵当时住在姚家园,我第一次听到,以为是潘家园,还问他为什么要住古玩市场。姚家园离我们上班的地方很近,坐公交车就可以直达公司。当然,这一年大家都开始习惯拼车或者叫优步,除非叫不到车或者有闲情逸致,不然谁愿意乘坐冬冷夏热的公交车。

当然,叫车也不保证就一定有很好的乘车体验,我就曾经叫到过貌似精神不太正常的老阿姨。

老阿姨年过五旬,眼线飞到了太阳穴,头发仿照《新白娘子传奇》里白娘子的那两个风扇似的发髻。车上香水味很浓,车内集合了所有豹纹元素。开车时,阿姨全程向我抱怨她不懂事的儿子,还试图一边开车一边回过头把手机里孙子的照片分享给我,几脚油门下去,我感觉自己在鬼门关前走了一遭。我给朋友发微信,说如果我今天没按时到达,那我应该就是死了,请他替我照顾好我远在故乡的亲人。

还有一次和富贵一起,外面雷声大作。我们叫了一辆优步,司机是一个年轻女孩,我们前脚刚上车,她就幽幽地说了一句:"我等你们好久了。"配合着外面暴雨大作的天气,这简直就是鬼片里的画面。她一边开车一边对我和富贵说:"我好害怕呀,你们不如留下给我做伴吧。"原本每次拼车都是先送完我,富贵自己继续乘车到家门口,那天到了我家,富贵宁愿被雨淋透,也还是跟着我一起下了车。

很奇怪吧?那时我竟然觉得还好,因为和我合租的几个室友,似乎更怪。

我搬进这间屋子的第一天,先见到了隔壁的一对情侣。当晚对面就传来了规律的"啪啪"声,我立刻关紧了房门,假装什么也听不见。声音一直持续到后半夜才逐渐退去,我想,这或许就是合租的烦恼。第二天清晨,"啪啪"声再次响起,我起床上厕所,经过门口时声音大得都让我脸红。我从卫生间出来,他们的房门刚好开了,我忍不住偷瞄一眼,发现男人手上拿着一个捶背器,正在有规律地捶着他的背。

我哭笑不得，默默回到卧室准备继续睡觉。

十分钟后，房里传来了一阵歌声，夫妻二人合唱了一首《珊瑚海》，我反应了片刻，才意识到，他们这是在家唱起了卡拉OK。

凭良心说，其实两人唱得都不算太差，可就算唱得再好，你试试每个周末早晨八点准时开始一段男女对唱，一个月后，你会不会想给他俩的饮水机里投毒？

两个人还很容易发生争吵，由于房间隔音太差，我几乎每次都见证了小两口从吵架到和好的过程。有次男的要上厕所，女的非要他先去厨房洗水果，男的坚持要去厕所，女的坚持不让他去。男人威胁："那我只能拉门口了。"女的说："×，你威胁谁呢？拉就拉。"

我在房间里憋着不敢笑，听着他们二人从斗嘴逐渐升级成对骂。男的骂女的臭老娘儿们，女的骂男的傻×玩意。久而久之我发现了一个规律，他们从吵架到和好的周期从来不会超过十五分钟，每次女的一给台阶，男的也就很识趣地下了。

每个周末，男人的妹妹还会把儿子送来寄养一天。小孩两三岁，正处在无忧无虑吵闹的年纪，不管三七二十一，常常在房间里弄出他能力范围内最大的声响。每当这种时候，他们夫妻二人也会开始顾虑一下，对侄子说："你小声点，别影响隔壁叔叔睡觉。"

他们口中的叔叔当然不是我，我早在他们唱卡拉OK的时候就睡意全无了，那个大白天依旧在屋里睡觉的叔叔，就是我右边另一间屋子的室友，是一个年过四十岁的夜场大哥。

04

我第一次看到大哥，是通过富贵微信发来的照片。当时我有事无法去签合同，富贵和小周一起帮我和中介签了合同，顺便到屋里帮我检查还缺点什么。大哥被富贵他们吵醒了，大摇大摆地走进了我的卧室，轻车熟路，似乎跟我很熟似的，然而我们连面都没有见过。

大哥穿着一件粉色的棉质睡衣，由于年份太久，粉色都开始有些发黑。头发油得开始打结，他跷着二郎腿坐在我的床上，自觉地给自己点起一支烟，吞云吐雾地向他们打听我的信息。

到我正式住进屋子里，他却没有跟我说过一句话。

我之所以知道他在夜场工作，也是通过合租的微信群。出于好奇，我点开了大哥的朋友圈，里面全是"夜场招聘，基本工资加酒水提成，女大学生优先"这类的文字信息，下面还搭配着露骨的合成照片。大哥基本上也是昼伏夜出，每天早晨五点多准时下班回家，下午五点多再洗漱出门上班，周而复始，从无例外。

通常他回来不久后，隔壁就会传来有规律的呼噜声。但也有几次例外，大哥五点多到家，六点拨出第一通电话。电话那头似乎是他的家人，大哥先是骂骂咧咧，接着抱怨自己在北京生活有多不易，最后不知道有意还是无意，电话被他开成免提，电话那头的女人让他打钱回去，说老家需要用钱。

大哥用东北话骂了几句，最后沉默了好一阵子，久到我以为他已经睡了过去，又过了一阵子，大哥说："行了，我知道了。"

他完全不知道，每次他喝醉和人发生争执，我都被迫以一墙之隔偷听着他吵架的前因后果，也不知道我该为了解了别人的人生而高兴，还是为在早晨丢失了睡眠而失落。

直到有次屋里水管破裂发大水，群里商量着AA制把水管修好，大哥和夫妻二人为了费用争执起来，我不知道该说什么，看到上方的人数提示，我才想起来，原来屋里还有另一个女孩存在。

只是她实在太没存在感了，在合租的一年里，我们最多见过三次面。她每天日出就离开家，到深夜才再次回到家里，避开了所有人的活动时间。第三次见到她，我已经决定从这里搬走了。

那时合租已经快到一年，我们共同经历过洗衣机罢工、马桶频繁堵塞、水管爆裂以及客厅电灯无法点亮的窘境。中介这时寄来了下一年的房租单，我打开看到涨房租的消息，毅然决然地搬离了这里。

我搬走那天，外面下了不小的雨，因为错信同事选错了搬家公司，协助我搬家的居然是一位白发老人，我看着眼前的老人和屋里的一切，突然觉得这一年过得无比荒诞。

搬走以后我就退出了那个微信群，他们过得怎么样，我想我再也无从得知了。

05

或许每个漂泊在外的人都会经历这样的故事吧。大家从一无所有搬进一间屋子，东西慢慢变得越来越多，人生也随之变得越来越厚重。

在北京的每一次搬家，都会有种分别的感觉，和换工作不一样，工作上的人或许今后还有交集，你离开了这间屋子，这些室友很快也会忘记你吧，你又何尝不会很快忘记他们呢？

我们短暂地相逢，还没机会熟悉对方，又再次告别，有时甚至连告别都只能通过手机键盘快速输入几个简单的文字。

他们说，在北京遇见一个人的概率可能是几千万分之一，所以要好好珍惜，因为下一次再遇见，连几千万分之一的概率都不到了。

所以我应该心存感激，毕竟，几千万分之一那么小的概率，我们也曾实现过啊。

乐乐

01

最后一次看见乐乐是五年前的夏天,那是我第一次从严格意义上知道老狗是什么样子的。

我从它附近经过,它强打起精神冲我跑来,有气无力地摇尾巴。到了跟前我才看清楚,它的牙齿大部分已经脱落,不知道为什么,看着它我居然联想起老人的样子。那时它已经很少被主人带出来散步了,运气好的话,每周从学校回家能碰到它一次,它是那种说不上友好的土狗,陌生人即使带着好意想跟它套近乎,成功概率也很小。

它的主人是我的好朋友——阿斌。

很多年前阿斌还没去深圳工作,无论夏天或冬天,我都会去他家找他打游戏,只要听到脚步声,乐乐就会狂吠不止,阿斌的奶奶一边开门一边呵斥它:"乐乐,超超你不认识了?不要叫了。"

看到我之后,乐乐摇着尾巴爬到我腿上,等我抚摩它的脖子。

从小到大我的成绩从未进过班级前列,又因为胆小不敢违反老师的规矩,在老师眼里,我是听话的学生,充其量只是脑子转得慢点。阿斌就完全不一样了,逃学打架,从不服从规矩,但我知道老师认为他是个聪明的孩子。

我的家人为了扭转局势,想到一种方法——把我的业余爱好全都扼杀在摇篮里。晚上八点以后不准看电视,所有的 CD、磁带和漫画书被打包装进很多个牛奶箱,最后用封口胶带缠上几圈放到柜子里。

还有一种,就是拒绝我和学习不好的孩子一起玩,当中就有阿斌。

02

我们两个一起长大,共同经历了很多事情,他交过坏朋友,在放学回家的路上动手打过我,我也在后来最有暴力倾向的几年里,找准机会就暴打他的头。

归根结底,在大人的世界里,一切罪恶的根源是他学习不好,还有附加原因:院子里的老人受够了我们这些只会制造噪声的小孩,想方设法要让这个世界回归清净。看门的张大爷告诉我的家人：阿斌不光不学无术，还跟坏孩子一起玩，别让你家孩子跟他一起玩，迟早会和他一起学坏的。大人总是认为自己能看穿一切，然而就算他们管得再严，我还是能找到机会和阿斌在他家用二十四英寸的电视机打《双截龙》。

在乐乐来到他家之前，他们家好像还养过其他几只狗，时间不长就都被送走了。对于它们我基本没留下什么印象。乐乐被送来那天我很开心，因为我家里是明令禁止养宠物的，这样一来，我就更有了名正言顺的理由和阿斌混在一起。

狗养在阿斌家里，我可以每天去玩，也不用喂食和处理大便。但第一天，我们就险些让它丧命。他家楼下有一口大水缸，不清楚为什么，我们无聊到想去证明狗是否怕水。阿斌双手举着狗放在水缸上，乐乐没什么反应，阿斌手滑了一下，乐乐整个掉进了水缸里。

阿斌快速地在不怎么干净的水里抓了几把，把狗救了出来。狗吓蒙了，我们也吓坏了，发誓再也不会做任何可能伤害动物的事。

后来乐乐生了很多小狗，每次我到阿斌家玩过之后，家里人都要斥责我几句：那些狗连针都没打过，咬你一口怎么办？以后少去。

我嘴上答应，每天仍旧和阿斌私会。

03

阿斌没退学的那段日子，被母亲送到了寄宿学校，因为没有电话，每个月我们互相写信，告诉对方最近发生了什么。他在信里写：写这封信的时候我正在吃苹果，结果班主任在后门趴窗户偷看，他把我叫出去，对我说："你先把眼镜摘了。"后来我满脸的鼻血，在水池边上洗了好久才洗干净。

我的生活依然是老样子，认识了一些新同学，然而却再也找不到人跟我一起打《魂斗罗》。

初中还没上完，阿斌突然决定退学，在这个九年义务教育成为基本准则的社会里，阿斌对学历毫不在乎。

我上了高中以后，阿斌单枪匹马去了深圳。院子里的老人想起他，总会在茶余饭后说他几句："这小孩将来一定没有出息。"那时我没什么情商，就把这句话原模原样地传到阿斌耳朵里，阿斌说："没出息就没出息呗，他们开心就好。"

阿斌在深圳那几年，和一群人合租在一套三室一厅的房子里。起初我们每周打一通电话，后来，他在一家照相馆找到了摄影助理的工作，我们的联系就从一周变成几周，几周又变成几个月。阿斌总是习惯性地邀请我去深圳找他，我每次都选择答应，却从来没有付诸行动。

04

  直到我大学即将毕业那年,我听阿斌说,乐乐死了。乐乐死后被阿斌的父亲埋在了他家附近的铁道旁。那时我家已经搬离了住了二十年的院子。搬家那天,阿斌的奶奶拖着不灵便的双腿,从二楼下来,对我说:"那么多人都搬走了,可你走了我真的舍不得。"

  半年后的某天,我脑子里突然浮现出这个画面,一个人回到院子去看阿斌的奶奶。我发微信给阿斌,他在工作始终没回我。

  我敲开那扇熟悉的铁门,阿斌奶奶警觉地看着我,问我:"你是谁?"我说我是超超,她说:"阿斌?不像啊?"她打开门放我进去,问了我一堆驴唇不对马嘴的问题,直到我离开,她都没记住我是谁。出门的时候,她拿起我带给她的礼物,说:"这是我女儿给我买的,你别客气,拿回去吃。"

  我拿出手机,看到阿斌刚回我的信息:"别去了吧。我奶奶连我都不记得了,哪还能记得你?"

  我路过那条铁道时,发现埋葬乐乐的地方已经变成了一个垃圾堆,我突然想起小学时我也曾养过一只京巴。狗贩子把它卖给我的时候它可能就得了细小,三天里它不吃不喝,最后一天,我放学回家,奶奶告诉我,那只狗大便出血,死掉了。

奶奶把它包在报纸里扔到附近的垃圾堆里。我在家里哭了一个下午，家人在旁边完全无法理解，对我说，你不要假惺惺的了，一只狗而已。我突然在想，那只狗如果还活着……算了，怎么可能，算起来它比乐乐还要大几岁呢。

05

前几年春节的时候，阿斌终于回家过年了，我们几个约在一起吃饭，他虽然手上生满了冻疮，但一身行头体面十足。

阿斌问我："你说时间过得快不快？那时候他们不让我们打游戏，现在我们好不容易聚到一起，每个人都拿着手机按个不停，也根本没人打游戏了。"

吃完饭，我们聊起阿斌的奶奶，阿斌说她的记忆力比我看到她的那次更差了，除了阿斌的爸爸，谁也不记得了。

我们都沉浸在感伤的气氛里，阿斌突然想起什么似的，问我："你记得张大爷吗？"我回答他当然记得。阿斌点起一支烟，抽了一口，对着我们吞云吐雾，"昨天他见到我，说当年看我有勇气一个人出去，就知道我一定会有出息，看看现在我有多好。"

我没忍住反击了一句："算了吧，当年把你逼退学，他也算是贡献了一己之力。"阿斌弹了弹烟灰,脸上的模样和当年那副坏学生的嘴脸一模一样,说:"那有什么,至少到今天,我们都还能坐在一张桌上吃饭啊。"

我们都被他那副表情逗笑了,几乎异口同声地说:"没出息就没出息呗,他们开心就好。"

Part 2

这世界跟你想的不太一样

STAY AWAKE.
STAY ALIVE.

假如我死了,你们会怪我吗?

10月3日,周西发了一条朋友圈,她说:"谢谢大家,被大家的关心持续感动中。"

因为在这句话后面看到"肿瘤"两个字,我的大脑自动屏蔽掉了其他所有句子。我不敢跟她私聊,在下面回复:"你咋啦?"过了一会儿,她回我:"你微博搜我名字,有惊喜。"

我在出租车上搜索视频,没播两句,前排的司机急着剧透:"哎呀,《演说家》上那个姑娘嘛,得癌症了嘛。"

我退了视频,给她发了一个微信自带的拥抱表情,说:"坚持治疗,别的不要多想。"

隔了一小会儿,她回我:"是良性的,已经做完手术了。"

我飙了一句脏话,刚才真的差点被吓死。

第一次和周西聊天，是因为工作，我俩非常不走心，一个公事公办，另一个心不在焉。聊完之后，我偷问另一个朋友："这个女的有趣在哪儿？我自己照镜子都比跟她聊天好笑吧？"

那个朋友反问我："你们两个互相装什么×？"

后来，我和她成了朋友圈的点赞之交。

我在出租车上用流量看完了她的演讲视频，发微信嘱咐她好好休息，早日康复，她说好，你也别老熬夜写文章。

隔了几天，我在网上看到一篇文章，题目是《别熬夜了，生命不会和你开玩笑》，我点进去，迎面看见周西的大脸，我转发给她，说："感觉全世界都在传你的视频。"

她秒回："全世界也都在骂我，不胜荣幸。"

我一时间没明白她被骂的点，问她原因，她说："因为我的手术结果是肿瘤是良性的啊。"

她上的那期节目播出头两天，微博被转发了几万次，视频点击量1.2亿次，全世界的人都在给她留言鼓励，直到她宣布了自己的检查结果是良性的之后，她的微博下面开始有这样的留言：

"这个女生讲话声音很做作,一看就不是什么好人。"

"想红想疯了吧,靠着癌症炒作,不要脸。"

紧接着这些批判性的结论演化成了诅咒。

一个号称自己是专业护理人员的人在她的微博下面留言,信誓旦旦地对所有网友宣称:"你们知道吗?她这个病,就是长期滥交才引发了这样的后果,希望其他女孩引以为戒,洁身自好。"

有一个鼓励过她的癌症患者,在微博发私信说:"你让我很失望,你如果喜欢用癌症炒作的话,我祝你真的得癌症。"

听完这些,我终于理解为什么陈凯歌导演愿意花拍一部电影的时间来讲网络暴力了。

我曾经也经历过一件事,那是我第二次考研期间,我天真地以为找个兼职一方面可以在复习之外调剂心情,另一方面还可以挣到钱。快乐的心情在遇到一个叫 Elsa 的怀孕的同事后戛然而止。

当时做兼职,我最喜欢上早班,因为门可罗雀的状况会一直持续到下班,可晚班结束通常要到午夜。因为身体原因,Elsa 只能上早班。

本来就没什么机会上早班的我,只要跟她排在一天,那个早班的痛苦程度可想而知,古代修筑长城的工人们想必也不过如此了。

她挺着肚子在店里四处查看，身体那么不灵便的她能够准确地指出各种旮旯拐角有灰尘或者食物碎屑，通知我一分钟后必须一尘不染。

有次我下了晚班，早晨刚睁开眼，去一趟厕所的时间，孕妇给我打了十几通电话。我误以为她或许有可能被恐怖分子挟持了，把电话回过去，她用请求的语气说："你能来顶替××三个小时吗？晚班的人一来我就让你下班。"

她的语气让我以为店里跟她一起上班的同事出了什么状况，情急之下，我答应了她。等我赶到店里，她对我说："××昨天晚上没休息好，我让他休息去了。"

我忍住没直接问她："我也休息不好啊，就活该给你当牛做马吗？"

外面天色昏暗，眼看就要下雨。她指挥我："你去把外场的桌子都摆好。"我对她说："预报说今天有雨。"

她不可思议地看了我一眼："我看不会啊，而且也没有下，你先去摆了再说。"

等我一个人把堆在角落的十张桌子，以及每张桌子搭配好的四把椅子按照要求放置好，店外刚刚好下起了雨。

她看了一眼汗流浃背的我，说："辛苦，那你再把它们收起来吧。"

等我把它们恢复原状，老天爷不负众望，又突然放晴了。孕妇看了我一眼，欣慰地笑了，我对她说："你别说话，我懂你的意思了。"

等桌椅再次摆好，三个小时已经过了一半。

这时候客人突然多了起来，吧台外面排起了长队，可吧台里面只有我们两个人。

一个南方口音的中年男人从队伍最后一排插队到最前面，质问我们："这么大的店，就你们两个人？"

我耐心跟他解释平时早晨客人比较少，希望他谅解。

他不满地"啧"了一声，骂骂咧咧地出了大门。

有客人要求开发票，那一年谢依霖在节目上"一秒变格格"的梗刚刚走红，孕妇接过客人的小票，学她的语气对我说："你先hold住。"

她前脚走进办公区，中年男人就怒气冲冲地跟着她闯进了我们的工作区域。

他的脸眼看就要贴在孕妇的脸上，冲她大喊："你知不知道我已经等半个小时了？"

我放下手里的杯子，小跑进办公区，对他说："先生，请你出去，不然我要报警了。"

他用那种不屑一顾的表情瞪了我一眼，说："你报啊，警察来了能把我怎么样？"

最后我们把他劝了出去，当晚男人在网上编造了子虚乌有的"事实",一群不明真相的网友在网上跟帖:"你们这些社会底层的狗,以为自己在外企打个工就了不起吗?""一看就是没什么本事的人,才会去做服务员。"

第二天上班,同事向我询问事情的前因后果,我把经过告诉了他们,孕妇从我们身边路过,随意地丢下一句:"哪有你说得那么夸张,还描绘成自己英雄救美呢?"

后来我和周西打电话聊了很久,我问她你查出肿瘤之后,第一反应是什么?有想过自己的葬礼是什么样吗?你朋友跟你说什么了吗?

她说,你去看《社会传真》,你提出的问题,他们都问过。

我之所以这么问她,是因为我第一次认真琢磨,如果有天我死了,我的朋友们会责怪我吗?那时是我人生第一次开始健身的三个月后。

健身房有一位男士,我和朋友戏称他为"金刚芦比",只要我去锻炼,他都在。第一次跟他打招呼,我说:"你真是太努力了,但你也太壮了,看起来有点恶心,像牛蛙似的。"从那之后,他只要看到我,就一定会在我锻炼的时候,过来把我轻重量的杠铃换成他能忍受的级别,一边逼迫我锻炼,一边嘲笑我:"这么粗的胳膊举不起来这么轻的杠铃?"

有天他突然消失了,当时正值春节,我以为他回老家过年去了,可春节结束后,他也没有再出现。

半年后,从健身房的其他人口中听到这样的消息,"金刚芭比"半年前为了让自己身体的肌肉线条更明显,找了一家不太正规的诊所去注射睾酮,在注射过程中发生了意外,心脏骤停。

直到半年后我们才听到他猝死的消息。

那天我难过了半个晚上,不是因为我认识他,而是他由于这样的原因,就这样结束了自己的人生。

他的家人和好友当初听到这样的消息,又有多痛苦呢?我体会不到。他们会责怪他吗?

我不知道,可我不希望他死,我也不会怪他。

几年前,我奶奶查出患上癌症,一个我们知道的远房亲戚在不久前也有同样的遭遇。某个下午,她打电话到家里,跟奶奶一边哭一边说:"我没做过什么坏事,为什么有这样的报应?"

奶奶那时候已经知道了自己的病情,她在电话这头安慰亲戚,说:"你要相信医学,乐观一点,别把情况往坏的地方想。"

一个癌症病人安慰另一个癌症病人,这画面恐怕这辈子我都忘不掉。我也不相信,她们在内心深处没有一点侥幸,希望奇迹真的会发生。

所以我至今都不明白，那些跟周西从来没有见过面的人，为什么带着巨大的恨意，希望看到别人的人生以悲剧收场。别人的死亡被他们当作茶余饭后的话题，这样的人，活得多像一朵食人花啊！我们这些人啊，在应该出手的时候保持冷漠，应该沉默的时候热血沸腾。

周西说："对我爸妈和我来说，我等于就是捡回了一条命。他们讲什么，对我来说也真的没那么重要了，就像我最后还是给那个癌症病人回复了：希望你早日康复。"

希望我们记住一句话："除了保持适度的冷漠，也别忘了最基本的善良。"

我被传销组织劝退了

01

小谢说，刚毕业时有段时间她觉得活够了，很想跳楼，后来因为怕疼，所以没跳。可当时她是认真地想过去死。

她还没毕业，就在一家卫视转正做了节目编导，和男友明目张胆地搞着办公室恋情，觉得自己是加了金Ｖ的人生赢家。年轻嘛，总觉得自己可以干掉这个世界，殊不知其实每个人的结局，都是要被这个世界干掉。

有天，大学里一个学姐突然打电话给小谢，说自己在南京做青奥会，邀请小谢有空的时候去南京旅游，还说有一个项目必须当面介绍给她。五天后，她请好年假，做好了自己不在期间男友出轨的预防措施，带着旅游的好心情前往南京。那时她还不知道，迎接自己的到底是一场怎样的旅行。

到了南京的头几天，学姐整日带她四处游玩，把所有旅游景点都逛了个遍。直到去了学姐家，小谢才察觉有些不对。照理说，能主动邀请同学长途跋涉到家中做客的人，经济条件不会太差，可在七八月的夏天，学姐家却连空调都舍不得开，因为她家根本就没有空调。

这不是重点，重点是在21世纪的今天，她家里连Wi-Fi都没有。热还可以咬咬牙忍忍，不能上网，可是会死人的事情。

小谢在这种人间炼狱待了一天之后，学姐带她到了另一个朋友家里。那个朋友三十多岁，一身假名牌，家里的条件不仅保持着同学姐家一致的艰苦朴素，从某种程度上来说，还要更惨烈。在他们小区所在的筒子楼里，小谢仿佛一夜之间穿越回20世纪80年代，一层楼的人还要共用一个公厕。

朋友热情地拉着小谢介绍了几十分钟的城市发展和文明建设，小谢不知从哪儿冒出的责任感，为了不给传媒工作者丢脸，当即施展出十八般武艺，表达出她对这些项目的热情和看法。

长篇大论结束之后，那个朋友表示跟小谢一拍即合，决定破一次例，要提前带小谢去参观她口中那个神秘的项目。

到了培训中心，小谢只听了五分钟的课，就恍然大悟：这哪是什么投资项目，这是传销。

可是小谢居然选择留了下来，她只想搞清楚，为什么那个曾经在学校叱咤风云、聪明绝顶的学姐，会对明显的骗局深信不疑。

02

第二天，学姐约她共进午餐，席间热情介绍："我们没有任何产品，你只要交三千八百元，就可以轻松获益三百八十一万元。"小谢脑海里奔腾过三百八十一万只羊驼，很想当面质问学姐，但她忍住没说。

等回到住处，小谢和学姐讨论起这件事，还不等她开口，学姐深情地拉住她说："你知道吗？你是我最好的朋友，我也不知道这个事情到底该不该做，要不你再待几天，帮我判断判断。你觉得不好，我就不做。"

不知道是否和"吃人嘴短"有些关系，小谢忽然间被激起了责任心，她告诉自己：留下看看吧，只要我知道这是骗局，肯定就不会受骗了。另一方面她也觉得，为了学姐，无论如何也要留下。

四十八个小时以后，入会门槛的三千八百元会费，一夜之间变成了六万九千八百元。

朋友对小谢说："你傻啊，怎么会嫌钱多呢？这样你得到的收益就是一千零四十万元了啊，会不会算数啊你。"小谢当时露出尴尬却不失礼貌的微笑，继续听朋友大言不惭，"我们这个工程，叫作 1040 工程，你可以上网查的呀。"

小谢立刻掏出手机，打开 4G 查了一下，蹦出来的网页写满了负面评价。

朋友见状，立刻向她解释："我知道你看得到那些负面消息，我实话跟你说，这就是国家说的宏观调控，这么好的项目，不可能让每一个人都知道嘛。"

在被轮番洗脑了三天后，恐怕连小谢自己都没想到，她编造了一个创业的谎言，向家里要了五万多元，加上工作以来的两万元存款，终究还是踏上了传销这条不归路。

03

刚入会的几天，小谢的父母连夜赶到南京，因为介绍人分配给小谢的三条主要业务线，分别是至亲、挚爱以及挚友。

至亲这条线，就是大家的父母，除了他们可能没人会对你所说的话深信不疑。挚爱，就是伴侣，精虫上脑嘛，很容易做出冲动的决定。至于挚友——那些还没意识到自己瞎了眼的朋友，上钩一个是一个，等他某天突然意识到受骗，反应过来，一切早就晚了。

小谢把父母叫到了南京，她爸爸凭着丰富的生活经验，一眼就看出了端倪。他知道小谢根本就不是来创业的，立刻劝小谢收手，让她马上跟他回家。

小谢面无表情地拒绝了父亲，就像在拒绝一个陌生人的无理要求。直到父亲哭着冲她跪下的那一刻，小谢才像从梦里醒来一样，问自己："我不是来劝我学姐出去的吗？"

小谢不知所措，父亲是个军人，那是她头一回看到父亲落泪。于是小谢二话没说，跟着父母离开了传销组织。她发现学姐根本没有半点回头的意思，于是放弃劝说，跟父母回成都继续上班。

到家后没几天，学姐的那个朋友打来一通电话，在这通电话里，朋友向小谢提供了无数个从家里逃回培训基地的成功案例。

她耐心和小谢分析："你爸妈不了解局势，你还不了解吗？耐心点，等你挣到钱，他们就会理解你了。"小谢本来想好了一肚子反驳的话，听到"挣钱"二字，大脑似乎又一秒真空。

"对了，你打算什么时候回来？"朋友的声音里充满了热情，小谢回答她："尽快。"

那几天她夜不能寐，几天过去，因为不甘心自己凭空损失掉的一千零四十万元，小谢返回了传销窝点。和第一次的形单影只不同，这次，跟她一起的，还有她当时的男朋友。

04

据小谢后来回忆，她当时之所以会对这个自称 1040 国家工程的传销组织深信不疑，是因为那些同样身在传销组织里的年轻人，无论从财富、学识还是社会地位来看，都是不可多得的复合型人才。

她记得当中有一个小哥哥，号称来自中科院，负责过"神舟九号"的项目。小谢当下质疑过，但小哥哥一开口讲话，她就被他气宇不凡、风流倜傥的架势给镇住了。只可惜当时还带着一个拖油瓶男友，小谢只恨自己没缘分跟小哥哥携手度过后半生。

"上线"们一直鼓舞小谢多多发展下线，他们鼓励小谢的理由是："等你和男友'上总'之后，得到咱们组织的祝福，你们就可以结婚了啊。"

那时小谢觉得，凭着自己过人的智商，怎么可能上不了总？

一年过去了，除了她男朋友一人交了双份的钱，没人成为小谢的"下线"。

那一年，父母看她无药可救，干脆切断了她所有的经济来源，偶尔因为怕她饿死他乡，给她打些生活费，也只够保证基本生活罢了。

05

别人进传销组织，都在想方设法合计着怎么让别人相信自己，小谢那一年日日夜夜都在思考着同一个问题：是我人品有问题吗？不然怎么从来都没人相信我呢？

她的反思真正起效是在一年多后。小谢看着那些受了骗的中年男女，有人卖房卖地，有人拖家带口费尽心思才加入了这个组织，他们怀里抱着吃奶的孩子，几乎倾尽所有，投入了一切，却只能无所事事，坐在组织里，瞪着空气发呆。

对小谢来说，如果回到大城市，六万九千八百元不用一年她就赚得回来。对传销组织里的其他人来说，先不说要用多少时间才能挽回损失，就算时间倒流，以他们的文化水平，估计还是会栽进同一个坑里。

在那一年里，发展小谢进来的那个朋友，先是父亲过世了，母亲也得了乳腺癌，可她还是一心扑在"组织"上，并且成功把弟弟、妹妹发展为下线。

春节，小谢终于回了趟家。

小谢每天口口声声喊着要帮助别人改变生活，回家后才发现，没有一个人过得比她差。

当别人都用起了iPhone，只有她还拿着大学毕业时的杂牌手机。

小谢终于动摇了，不只是因为自己一直以来的失败，传销组织也给她下了最后通牒：如果你还找不到下线，就请你另谋高就。

过完春节，小谢回到了组织，她对自己说，再试最后一次。因此她接触了传销生涯中的最后一个客户，老天有眼，结果依然以失败告终。

06

等小谢回到成都，身边所有的亲戚朋友都知道了她搞过传销的事。谁见到她都像见到了鬼，当年那个闪着金∨光芒的人生赢家，如今成了人见人嫌的街头老鼠。

有人传说，小谢是传销组织的头目，手下有几百号的跟班，随便动一动嘴，就能招来天边的乌云，小则呼风唤雨，大则妖言惑众。

没有人知道小谢那一年到底经历了什么，更没有人知道，他们口口相传的小谢身后的一大票跟班，其实只有一个盲目爱过她的男朋友。

小谢也没想过，流言蜚语带给她的伤害比传销大多了。小谢决定放弃在家乡发展，当北漂。

来北京之前，小谢找男友判了一次，她说："这次我要去北京了，正经工作，你要跟我一起走吗？"

男友面露难色，支支吾吾半天，桌子上的茶都凉了，才开口跟小谢说："上次给你的两个六万九千八，其中一份是我爸妈给我处对象用的，这个钱我打算自己还给他们，我就不去了。"

小谢没想到会等到一句这样的回答，跟男友说："好吧，我懂你的意思了。"走出那家餐厅的时候，男友甚至都没站起来追她。

07

刚到北京的那段时间，小谢所有在北京的闺密好像集体约好了一样，在同一时间去了国外。不知道为什么，她脑中突然闪过了跳楼的念头，没多犹豫，小谢一个人站上了天台。

她从三十多层往下看，发现这个城市竟然那么大，下面的人就像蝼蚁一样。小谢把头从栏杆里刚探出去，身后有个声音吓住了她。小谢回头，看到一个保洁员大妈站在天台的入口处。

小谢以为大妈会因为她所处的地势危险，苦心劝说她珍爱生命，别冲动做傻事，而大妈语气里却只有不耐烦，她说："姑娘啊，要跳楼的话,你可别在我这儿跳。你跳下去了,一会儿警察同志来了,还得把我叫去问话呢,我家可住在通州,回去还要给儿子做饭,你别给我添麻烦。"小谢"扑哧"一声笑了出来,从天台上走了下来,笑着跟大妈说了一声"谢谢"。

大妈赶忙锁上了天台的门。

恐怕只有小谢自己清楚,她从一开始就没想过死在这儿,不只是因为怕疼,还因为她知道死很容易,活着却很难,但是只有活着,以后的一切才有可能。

卡在窗户上的小马

01

小马死掉的那天,世界依旧平静,就算说他从没来过这世上,根本也不会有人在意。

据说那天他用尽一切办法,成功偷走了妻子藏得比存折还隐秘的家门钥匙,在妻了和儿了出门后,就一直守在窗口。

来往的小孩听到他喊:"那个谁,你过来,叔叔跟你说个事。"那些孩子都被他凸出的颧骨和病态的黑眼圈吓得不敢靠近,老远就躲开了,直到他遇见了我。

02

听说小区里有人搬来是在某天放学后,小赵正拿着一根树枝追着我跑,我俩的奶奶在身后一边斥责我们,一边交流她们对新搬来的住户的部分看法。

小赵奶奶说:"那家人一看就怪怪的,男的像是搞那个的。"话毕,她把右手放在嘴边,比出抽烟的姿势,奶奶反应了几秒,做出恍然大悟的样子。

"这下可有意思了,他要真是搞那个的,跟老李家儿子刚好凑一对,绝了哦。"小赵的奶奶每次遇到这类事情总会特别兴奋,像是成功从中年妇女的手中把居委会负责人的职位再次抢了回来一般。

她们身上的某处藏着一个关于八卦的开关,每当遇到任何觉得可以分享的事件,开关就会自动开启,而且再也无法关闭。

小赵成功追上了我,用觉得恰当的力道,拿树枝在我脸上划了一下,血顺着树枝划在我脸上的曲线流了下来。两个老人见状冲过来,小赵奶奶从他手里一把把树枝夺走,赏了他一耳光。

我俩走进小区大门的那一刻都在痛哭,我是怕自己本来就不好看的脸以后变得更加不堪入目,小赵是由于奶奶那一掌真的没有留情。

讨厌一个人不需要前因后果,只要他出现在错的时间、地点。

第一次见面，我们两个最窝囊的样子就被小马的儿子看到了，事后小赵强调，他看到我俩的那副样子，竟然露出了微笑。于是我立刻原谅了小赵差点把我毁容一事，我俩一同和小马的孩子结下了深仇。

03

只要遇到，我们就会想出各种方法捉弄他。

我们懒得动脑筋想新的招式，看见他干脆照着头给他一记爆栗，等他哭了我们就以最快的速度逃离现场。或者干脆把他关进厕所，用冷水从门的缝隙里朝他泼过去。终于我们被他的母亲逮个正着，她显然不能理解我们为什么和她的孩子过不去，说了我们两句，还没怎样，小赵先带头哭了起来。

我想迎合他，无奈演技太差，怎么都流不下眼泪，只好默默站在一边看着这一出恶人先流泪。她无奈，领着孩子气冲冲走了，我扭过脸看小赵，他一边擦眼泪一边告诉我："这招果然好用。"

有一次，父亲从外地回来，本来说好带我出去，快走出小区时，他被一个人叫住了，那个人就是小马。他瘦得就像具活动的骷髅，头发由于太久没洗已经打结，两个眼珠像随时会从眼眶里脱落。意外的是，他居然没被锁在家里。

我不自觉地用力抓住了父亲的手。小马直截了当地说："媳妇没在家，我溜出来又没带钥匙，现在没地方去，你借我点钱嘛。"

怕什么来什么，父亲被他拉过去耳语了一会儿，我们说好的出行计划被迫取消。

我摔上卧室的门，奶奶问我怎么刚出门又回来了，父亲还没来得及想好措辞，我抢先开口喊道："还不是他把钱借给小马了。"

父亲向我解释，说小马是他以前工厂的同事，这已经是第二次结婚了，他的第一任妻子拿光他所有的积蓄，带着一个身世不明的孩子离开了他。从那之后他开始酗酒，每天迟到早退。有天厂里开会，他当着几百人的面晃晃悠悠走上台，先是对讲话的领导比了个中指，随后站在台中央问大家："你们知不知道厂长跟副厂长在搞破鞋啊？"

于是这成了他一生当中最后一份工作。

04

几天以后，我路过那条每天上学的必经之路，用眼角的余光看到小马又被老婆锁在家里，往常我根本不会搭理他。

小马趴在窗户上，面前整齐的栏杆反而显得滑稽起来，他像一个囚犯，监狱是他自己的卧室。我看到他嘴唇微微动了几下，大概是叫我帮他打开老婆锁住的铁门，我往后退了两步，问他："你为什么不自己开？"

他告诉我门被反锁着，他在里面毫无办法。我问他："你凭什么找我？"他笑了一下，那个表情有点瘆人，像是看透了我，说："你让叔叔出来，我把上次拿你爸的钱还给你。"

听到这句话后，我接过他递给我的钥匙，给他开了门。不清楚到底是遗传谁，这样的诱惑我总是无法抗拒。

等他出来后，就像刚才什么事都没有发生，我眼睁睁看着他百米冲刺，在眼前消失，他瘦骨嶙峋的背影让我有点担心：可能他跑着跑着就会随风飞舞起来。

没有别的办法，我在他身后喊了一句："去死吧。"然后我观察四周，发现没人，又朝他家的窗户吐了一口口水。

我听说他出去后一直没回来过，也许真的被风给刮跑了。

05

听说小马被发现的时候，倒在他家附近的烧烤店，整张脸紫得像猪肝一样，黑眼圈在他脸上好像没那么不相称了。

他老婆并没按习俗举办葬礼，简单处理了他的后事，很快他们像搬来的那天一样，不声不响又搬离了这个地方。

父亲试图帮他们搬家，最后也被小马的老婆拒绝了。在一次饭局上我们不知道为什么聊到了小马，父亲说那天我们的出行取消，是因为他害怕小马发生意外，带着他一起去附近的饭馆喝酒，小马什么也不说，感觉要喝光这个世界上所有的酒。

那天晚上，我梦到我和小赵被小马的老婆抓住的那天，她看着小赵哭得快要昏厥的样子，拍了拍他的肩膀，转头对我说："你带他回家吧，以后别这样了，阿姨不怪你们。"

我作弊，我打架，但我是个好女孩

01

富贵说，他看完《天才枪手》后，本能地产生了生理不适。电影里有个男孩苦苦求男主角借卷子给他抄，因为再不及格，他的人生就要完蛋了。富贵说，我当时非常不舒服，因为我在高中的时候，就是他那样的人。

富贵的父母都是老师，父亲是教数学的，可是富贵从小成绩很差，尤其是数学。从小，他的父母教育他："奋斗是改变你人生的唯一途径，对现在的你来说，什么是奋斗？就是学习。"富贵赞同地点点头，可是随之而来的是无奈和无解——学习并不是每个小孩都能掌握的技能，富贵偏偏就是这种小孩。

中考脱离了九年义务教育的范围，没有了它的"保护"，自然得靠实力去升学考试。可是富贵的实力就摆在那里，凭自己考上高中，简直比登天还难。富贵努力了一年，离重点学校的分数线还差几十分。别人都送礼托关系，想方设法把孩子送进重点高中，而富贵的爸爸却坚持原则，让他复读，并对他说："你记住，人一定要靠自己。"

后来富贵别无选择，听从了家里的安排，复读一年后再次参加了中考，结果还是一样。这次父亲没再让他复读了，他拿出存款，给学校交了"赞助费"，把富贵送去了重点高中。富贵嘴上没敢说，但心里想的是"明明你去年就可以这么做了"。

到了重点高中，富贵更想死了。以前在初中，大家成绩差距再大也大不到哪儿去，现在除了他们这些交钱的，那些靠着自己本事考进来的好学生个个都不是好惹的。每次考试，富贵无论再怎么努力，都稳稳地坐在班级倒数的宝座上，稳如泰山，岿然不动。

父亲给他请家教、报补习班，花出去的钱都能资助一所希望小学了，他的成绩还是没有任何长进，后来父亲几乎快要放弃了。富贵在高考前参加了艺考，考上了一所不算很差的学校，学电视编导专业，毕业找到了还算不错的工作。

我问富贵，后来那些好学生帮你作过弊吗？他说："当然帮过啊，而且也成功了，但是我一直都很愧疚。"我问他为什么愧疚，是觉得不诚实的感受不好，还是由于别的什么原因。他说："欠别人人情的感觉，也很不好受的。"

"到现在，我每年回家都还会请他吃饭。"富贵说这话的时候，我似乎能想象到他在考场里无比紧张的样子。

在我看来，《天才枪手》这部电影之所以好看，是它终于说出了一个被国产青春电影隐瞒了很多年的事实真相：青春期根本不是充斥着打架、蹦迪和堕胎，作弊，才是青春期不可回避的事啊。

<h2 style="text-align:center">02</h2>

上初中之后，数学这件事真的给了我很大的压力，尤其是，我们的数学老师还不喜欢我。

现在想想，当时她应该是有所谓的业绩压力吧，所有成绩不好的学生都要被单独拉到办公室里一对一教训，训完之后，老师会说服你参加她开的补习班，点头的人会得到短暂的宽赦，期限大概到下一次大考来临之前。拒绝的人则会每天被留在办公室里罚站、做题，直到老师本人下班，你才能跟着她一起离开。

被留堂一个星期后，我妥协了，参加了她的补习班，我从四十多分滑落到三十分，下一次大考迫在眉睫，无奈之下，我只好参与同学的作弊联盟。

我为他们提供英语和语文的答案，他们用数学答案作为交换。

我们教室的大小不及电影里考场的四分之一，监考老师的一举一动，都会给我们造成很大的精神压力。我把答案用铅笔写在橡皮上，趁老师四处走动递给前面的女孩，好在老师没有察觉。考完试，女孩的表情像便秘一样，对我说："作文没有写，不过还好你的选择题我都抄到了。"

心态这么健康，想必将来一定是做大事的人。

终于熬到下午的数学考试，我翻开试卷，不负众望，会做的题目一只手就数得出来。开考五分钟后，我便无事可做，只能等待前排女孩的报恩。

考试有个很有趣的规则，即使你不会，只要在答题卡上写上"解"和"证明"，老师都会象征性地给你一分。有总强过没有，我写完了所有的"解"和"证明"，距离考试结束还有八十四分钟。

我开始试着自己解答证明题，那是唯一可以凭借自己瞎编的能力，让答案以假乱真的一种题型。离考试结束还有二十分钟，我收到了前排女孩的字条，抱着对她的信任，我丝毫未改，照着上面的答案涂写了答题卡。

几个星期后，考试结果公布了，我在榜单上看到了自己的名字，排名班级第十。那次我数学考了 97 分。那份选择题的答案，居然一题未错。好死不死，不知道老师抽什么疯，那道胡乱证明的证明题，她也给了我满分。发卷时，我明显听到老师加重了"97 分"的发音，我没种和她对视，感觉下一秒她就会逼我把试卷吃掉。

回到家，我把成绩单交给我爸签字，我爸微笑着问我："抄谁的？"

那次以后，我反倒不太敢作弊了，我觉得作弊的原理就像吸毒，你在上面得到一次好处，体验过不劳而获的快乐，就会觉得，这个世界本来就该这样。可是，这才是违背了世界运转的规则。

03

我的同学阿清就是这样。

阿清初中开学的第一次大考，排在年级第四名。在我们那样的普通班里，她顺利变成了老师眼里的人中龙凤，年级主任甚至想把她直接调去重点班，在班主任的极力阻止下，她才继续留在了我们班。

她不只学习好，在初中生眼中，打扮时髦和社交广泛都一样值得崇拜。

阿清的"姐姐"是学校的混混，半年之内，她不知不觉又多了一些哥哥、妹妹，似乎到学校上课对她来说只是副业，她真正的目的，是来滴血认亲。

期末考试，阿清从第四名滑落到了第九名，年级主任亲自找她谈话，跟她说如果因为环境原因，可以帮她申请转班。阿清拒绝了年级主任的好意，只有我们知道，阿清只是离不开她那些兄弟姐妹。

而那些兄弟姐妹正是因为她，才不会因为成绩太差而被学校开除。每次考试，阿清一个人掌握着这些兄弟姐妹的生杀大权。只要她考完试先从考场里出来，这些兄弟姐妹在考场里都会暗自觉得，他们终于得救了。

她用当时最发达的通信工具小灵通，迅速把从考场里带出来的橡皮上面的标记输入短信，群发给每个考场持有小灵通的人，再由他们把信息散播开来。整个考场就像一个巨大的信息网，其他学生早就准备好了各种工具，做好一应俱全的准备。

其实到了初二，他们的关系就完全颠倒了，兄弟姐妹通过联手作弊帮阿清维持排名靠前的成绩，我从别人那里听说，阿清以前在别的学校已经上到初三，因为成绩太差，母亲托关系为她办理了转学，这才到了我们学校。

吃了一年老底后，阿清支撑不住，又成为原来那个阿清。从第四名一直到第九名，她的那些兄弟姐妹，作弊的能力再强，也都抵不过课业越来越难的压力，到了初三，统一被学校劝退了。而阿清，我们见证她退下神坛，从第九名直接滑到了二百多名。

初三上学期，阿清退学了。

那天她被她的"姐姐"堵在学校门口，"姐姐"江湖人称"金毛狮王"，蹲在学校门口的花坛边上抽着烟，面包车上的弟兄们带着刀和棍子，说不卸掉阿清一条腿，绝不离开。我们没人清楚原因，只知道他们这种江湖儿女，心情差起来，连自己都砍。

阿清的男朋友单枪匹马冲出学校，要和他们单挑，眼看距离那群混混还有两米，他的父亲一把拽住他的领子，于是，他默默跟着父亲踏上了回家的路。脸上还挂着神秘的微笑，笑容里写满了对父亲的感谢。

最后，有人报了警，阿清才能全身而退，那也是我最后一次见到阿清。

04

很多人不喜欢《天才枪手》，因为它说这个世界属于富人，穷人为了成功，只能为他们服务。杀龙的勇士最后变成了龙，曾经举报别人作弊的班克，为了利益，去胁迫别人和他一起作弊。

永远想要争第一的人，活得应该很辛苦吧。他们想成功，因为他们要活得体面。体面这种东西，是没法借的，除非你可以一辈子抢走它。

好几年之后,我听说阿清在我家附近的一家 KTV 里陪酒,我没去探究真假,我只知道,当年那个阿清,大概已经不存在了。

你要知道,大多数捷径背后,其实都藏着陷阱。如果你本身就不聪明,又何必把所剩不多的那一点智慧,全都用来撒谎呢?

一直欺骗下去,何尝是一件容易的事呢?

女孩最后被僵尸杀死了

01

我人生第一次和老师发生正面冲突，是在初中三年级，在那以前，我一直是那种对老师言听计从的乖学生。之所以强调乖，是因为乖不代表学习好。

初三开学之后，迫于学校压力，带了我们两年的班主任被学校换成了一个指导升学经验丰富的物理老师。很多年后，《植物大战僵尸》风靡全球，有同学在 QQ 群里截了游戏里僵尸的图片发给我们，向大家提问："快看，这不是 T 老师本人吗？"

T 老师在学校，出了名地让学生们闻风丧胆。除了他自己的课，他最爱做的事情是在别的课上，把脑袋卡在教室的后窗上，用监视的眼神盯着学生的一举一动。可他有个很漂亮的妻子，那时我们觉得，如果有人让他在年轻貌美的妻子和升学率之间做一个选择的话，他可能会毫不犹豫地选择后者。

那个时候，我们都还不懂，升学率对老师来说，就像业绩对销售一样。

迫于学校的压力，每个月底，每个班上都必须有一个差生被劝退。T老师使用的方法简单粗暴，不单单是通过言语羞辱，有时干脆直接动手，对待男女一视同仁。

T老师常用的骂人句式非常单一，"吃屎"在他这里最为常用，经常被他反复应用在各种情境里。班里当时有个男生外号叫"大头鱼"，上课常常微张着嘴发呆，T老师课讲到一半，毫无预兆地用粉笔对着他的门牙丢过去，歇斯底里地咆哮："嘴张那么大干吗？等着二楼掉下来屎给你吃吗？"

还有一次，几个同学在教室和厕所之间的空地上丢沙包，不小心将沙包扔进了下水道里。几个人在下水道前面跪成一圈，试图把它捞起来。班长从厕所出来，看到眼前的景象一头雾水，问了旁边同学一句："这是在干吗？"T老师路过，丢下一句："抢屎吃。"

02

依我看，在 T 老师的词典里，似乎从来没有"尊重"这个词。

那时候班里大多数的女生都喜欢跟我交朋友。因此，班里一部分男生因为嫉妒而形成了联盟，私下达成协议，总是不放过每一个机会恶整我。

在某节物理课前，我坐在位子上放空，"大头鱼"把文具盒毫无预警地丢到我的头上。我回头想搞清楚发生了什么，"大头鱼"笑着问："刚才爽吗？"

我把文具盒捡起来，朝他的方向丢回去，T 老师此时刚好走进教室。

他活动了一下脖子，像武林高手在做热身运动似的，接着退到教室门口，语气听不出任何情绪，对我们说："你俩给我出来。"

他甩了"大头鱼"一巴掌后，伸手要来打我，我用胳膊挡下来，冲他喊："我来这儿是上学的，不是被你打的。"

走廊上其他准备上课的老师都闻声转头看向我们。

他愣住了，没想到我的反应会这么激烈。

后来他以学习差、顶撞老师的名义请我爸到学校。他苦口婆心地跟我爸说："你儿子这个成绩，一定是考不上高中的，我建议他转学或者留级。"

我爸的回复让他不知所措,我爸说:"我不接受你这个建议,过程比结果重要,他考上考不上都是他的命,现在留级你让他去哪儿?"

从那以后,T老师再也没为难过我,与此同时,他也没再管教过我任何事情。

03

当时班里有一个女生,听说她的母亲在她还是婴儿的时候捡到了她,初三那年,她养母已经六十多岁了,所有的退休金全部用来供她上学。

那个女孩长得一点都不好看,班里的同学都嘲笑她像《唐伯虎点秋香》里的"石榴姐"。

没人会怜悯她这种"长得丑,学习差,更没什么家境可言"的学生。她自己也为了不被欺负,开始跟班里的不良少女们一起玩。

不知道算不算造化弄人,那女孩偏偏喜欢上了当中大姐头的男朋友。

大姐头约了十来个兄弟姐妹,把她带到了学校后山,我也被当时的好朋友约上一起去"见世面"。

到了后山,我看到那群女孩把她围在正中间,每问一个问题,就扇她一个耳光。

大姐头的"姐姐"模仿武侠片里的高人，从女孩们的身后走到那个女孩面前，嘴角露出邪魅一笑，问她："听说你喜欢我弟？"

女孩摇了摇头。

"姐姐"退后，缓冲着跑到女孩面前，飞踢一脚，女孩瞬间从小山坡上滚了下去。

我被这一幕吓住了，朋友在我旁边也目瞪口呆，没想到所谓的"世面"竟然会是这样的。

"姐姐"不知道是不是出于担心，往前走了几步，看到女孩自己颤颤巍巍从草丛里爬了起来，对她说："今天，我让你长个记性，长成你这个德行，就别每天意淫了。"

"姐姐"向剩下的人示意："我打得差不多了，你们要是也打够了，咱们就撤。"

剩下那些人，排着队每人过去象征性地踹了女孩一脚，当中还包括我的那个好朋友。

04

很快中考报名了，学校的指令是：为了提高升学率，班主任必须严格控制参加考试的名额。可能是想到了我爸的态度，T老师没有过多阻拦我。但总是有人不能参加考试，无论如何，他就是不肯给女孩报名。

T老师把女孩的母亲叫到学校，指着月考排名对老人说："你女儿想上高中，根本不可能，让她退学去上个技校，或者赶紧找工作去吧，她这种害群之马，留在我的班里，还会影响其他学生。"

当时我们在上化学课，女孩的母亲站在我们班门口，一直叫女孩的名字，可她怎么都不肯出去。

化学老师把教案摔在桌上，气愤地喊："你不出去，大家就都别听课了。"

安静了几分钟之后，班里那些成绩好的学生开始零零落落地冲她抱怨："你快出去，我们要上课，你耽误的是大家的时间。"

后来由一两个人，变成了整齐划一的声音："出去，出去。"

女孩抱起自己的书包，流着眼泪从教室跑了出去。

不记得过了多久，我听班里跟她关系还不错的同学说，她回家之后，母亲罚她在家门外坐了一夜。

最后一次见到她，她在学校附近的台球厅打工，她跟班里偷偷溜去打台球的同学讲，那次被打之后，她的肋骨轻微骨折，她不敢告诉母亲，只能自己挣钱看病。

中考结束的那个暑假过去了，高中报到那天，T 老师站在学校门口迎新，看到我的时候愣了一下，伸手招呼我过去，我很想径自绕开，但无路可走，只能过去了。

"你怎么没去上 × 中啊？"他语气里全是不耐烦和疑问。× 中是一所更差的学校，在他的预判之下，我到那所学校去才是合理的。

"这儿离我家近。"我只想用最少的字尽快结束和他的对话。

他无奈地点了点头，说："行吧。"

我一边往前走，一边想着，希望包括我自己在内，那些被 T 老师教过的学生，最后都不要成为他那样的人。

你教会我做题，却没教会我做人

2017 年

我的大学同学在微信群里发了一张讣告的照片，上面写着"我院黄教授于 18 日上午 9:00 病逝，享年 75 岁"。作为一个大学四年没怎么学过习的学渣，黄爷爷算是我为数不多还记得的老师。

那时大家逃课成风，只有老爷子的课，时常让我们觉得"老人家都这把年纪了，别让他到了教室却发现没几个人在"。

有一年冬天，我们整个宿舍在和温度抗争的这场比赛里败下阵来，六个人没踏出寝室半步。那天，听说老爷子为了赶去给大家上课，在教室门口滑倒了，那是我整个大学生涯最为愧疚的一天。

2000 年

老师曾是我最想从事的职业。

小时候我没什么优点，被人称赞最多的是善良，又黑又胖，常被同学欺负。变声期到来之前,唯一的特长是唱歌,大人们夸我唱歌好听,他们对我唯一的肯定方式,是在逢年过节的时候,突然把我拉出来,让我当着一桌陌生亲戚的面进行表演。如果我拒绝,他们先对着亲戚们温柔微笑,说:"这孩子咋还拿不出手呢?"说完别过脸,在亲戚看不到的死角瞪我,威胁我:"回去把你的磁带都给你扔了。"

有人问我,你将来想成为什么样的人啊?我说我想做歌手。发小直勾勾地看着我,就像我说出了什么丧尽天良的话似的,短暂的沉默后,她用警告的语气对我说:"别怪我没提醒过你,当歌手不光要唱歌好,对外形的要求也是很高的,你配吗?"

我嘴上立刻打消了做歌手的念头,道歉般地回应她:"你说得对,我不当歌手了。"好像我的不切实际,会给她带来天大的麻烦。

第一次在大家面前得到肯定,是在小学四年级的一节音乐课上。

那是一次音乐课期末考试,老师让每个学生上台表演一首歌,他专门强调,不用局限在课本上,流行歌也在考核范围内。我仔细回想,音乐老师那样的男人,用现在的标准评判,多少有点"娘",尤其是他弹钢琴的时候。

到我上台,为了避免出错,我选择了一首歌颂海鸥(或是摇篮)的歌,唱完以后,看着台下同学嫌弃的眼神,我脑子里只有发小对我说过的那句话。

音乐老师顿了几秒，叫住了打算离开讲台的我，当着全班同学的面，抑扬顿挫地对我说："回去让家人给你报个音乐辅导班，你很有这方面的天赋。"

当时整个学校都在传说，音乐老师是个远近闻名的色狼，常常假借辅导名义吃女生豆腐。我拒绝这种说法，不允许自己内心神圣的职业被人玷污，尤其在他给了我肯定之后。

关于那天的细节，我已经记不起多少，只有他的那句话，被我当成人生中最大的奖赏。在某次家庭聚会上，我暗自找准时机，试图还原当时的场景，把这件事原封不动地讲给了在场的所有亲戚。听完我的叙述后，他们不为所动，只说了一句："是吗？不错。"接着计划饭后的牌局。

从此，我没再和家人主动提过关于上辅导班的事，打算在下学期的音乐课上，向老师寻求帮助。

开学，我满怀期待希望早点见到那个帮我筑梦的"伯乐"，到了音乐课，却发现上课的人换成了一个胖胖的女老师。

几经周折，我才从同学的口中知道，"伯乐"因为骚扰了某个校领导的女儿，被学校以作风问题给予处分，降级到教务处去管理学生档案了。

那年我不到十岁，所谓的梦想破灭，大概就是这种感觉。

2003 年

后来上了初中，因为我严重偏科，带来了可怕的两极分化——文科的老师十分宠爱我，理科的老师视我为眼中钉。

我们的班主任是一个二十岁出头的大学毕业生，教语文，身上有种人格魅力，班里青春期的叛逆少男少女，全被她管得服服帖帖。当时我有个好朋友小斌，情窦初开，开始追求班上另一个女生小婷，虽然事后在我的证明下，确认小婷的确是一个如假包换的 bitch——跟班里的五十几个男生表白过。

但爱情这种东西就是这样，来的时候每个人都心甘情愿为它变成傻 ×，更别说是初恋了。即便小斌可能还不知道什么是爱，但他觉得自己明白，也觉得自己已经有了为它赴汤蹈火的能力。

这样做的下场，就是公开变成了教育势力的公敌。

老师们轮番请了小斌的家长，对那个什么都不懂的青少年而言，这个世界上没人拥有阻挡他初恋的资格。请家长这样的终极大招都拿他没辙，老师只好使出"撒手锏"，开始让全班同学排挤他，直到他自己提出退学。

提出这种做法的不是别人，就是我们的班主任。某个课间，她把我拉到办公室，告诉我，如果再让我看到你和小斌这样的学生有任何接触，你就回去跟家长计划转学的事吧。

在班里的大多数人都接到了这样的警告后，小斌这个人，像是得了瘟疫，没人敢和他说话，甚至连下课一起去厕所，好像都变成了一件羞耻的事情。

之后有一天，小斌打电话给我，那时用的还是家里的座机，我接起电话，他在那头兴奋地大喊："我在潘玮柏的歌友会！给你听首歌！"我说不上来那种感受是什么，后来我挂了电话，那也是我们最后一通电话。

渐渐地，他开始在学校外结交新朋友，那些新朋友，带着他打架，抢劫，吸毒……

班主任在小斌转学之后，再没提起过他。那年我十二岁，第一次知道，有些人不费吹灰之力，就可以改变别人的人生轨迹。

2017 年

几年前，初中同学建了一个群，大家相约过年一起去看望老师，有人把小斌拉进了群聊，我点开他的头像，发现他所有信息都仅自己可见，过了一会儿，他退出了群聊。

我放弃过很多梦想，庆幸的是，我的自知之明，在放弃成为老师这个梦想上，并没让我觉得遗憾。

作为老师，呈现在学生面前的每一面必须完美，虽然我明白这是件很难的事，虽然我知道大多数人都做不到。

我想，与其教会我刷遍这个世界的题海，不如教会我在这个复杂的世界里，如何才能成为一个人。

既然讨厌的人可以拉黑，这样的亲戚也应一样

小刘上高中的时候，父亲再婚。她始终觉得，那个女人就是《忍者神龟》里那头戴墨镜的猪。

继母生平最大的爱好是给自己加戏，小刘不懂她到底为什么热衷给自己老公洗脑，一直灌输给他：全世界你能相信的人只有我，其他人根本不关心你。

为了拉拢小刘，她专程设局请她吃了一餐鸿门宴。那天根本不是什么节日，小刘突然接到父亲的邀约，父亲说："阿姨今天要请你吃饭。"到了约定地点，继母点了很多菜，每当小刘准备动筷子，她便开口说："你知道吗？有一件事不知道该说不该说。"

小刘很想回答她，不该说，所以请你闭嘴吧。

她开始一整套的洗脑逻辑，告诉小刘她发现了一个十分赚钱的项目，鼓捣小刘的父亲趁早下手，但是缺点本金，总共得十万元，他们

只差九万多元。之前他俩已经向家里的亲戚开过口,但没得到帮助,因此她用那种看似意味深长,实则像是便秘太久、眉头紧锁的忧愁模样跟小刘说:"不然,问你妈借点?听说她现在的生意赚得挺多的。这件事,你去开口最合适。"

小刘说我不要,我妈的钱凭什么借给你?继母强压怒火,跟小刘再三强调,你去说,事情就会变得很简单。小刘保持沉默,低头猛吃,也意识到了,要想不尴尬,就得装哑巴。

继母最终刻意地把筷子狠放在碟子边上,发出了足以让小刘注意到她的响声。

小刘想象得到她那天晚上回家后,叉着腰,站姿像一个茶壶,跟自己的父亲说:"你女儿,就是一个吃里爬外的贱货。"

没错,我是啊。小刘在心里这么想。

过了一段时间,一个几万年没有出现过的远房亲戚到他们家拜访。领头的长相猥琐,眼神里充满算计。

果不其然,某天中午,亲戚百般刻意要请他们全家人吃饭。在祝福他们祖宗十八代之后,亲戚终于表明来意:"我女儿要来城里上高中了,以后周末都托你们照顾了。"

小刘还没来得及反应,继母立刻接下话:"我们一定会好好照顾你们家闺女。"

亲戚家叫媛媛的女儿在老家来头不小，是三乡五村的考试之神，从来只考第一，没有例外。她到小刘家的第一天，继母面带微笑，拿出一份高中的英语试卷，笑里藏刀地对小刘和媛媛说："你俩一起做这份卷子，比一比谁答对的题多。"

小刘心想，给我下套是不是？立刻说："不用了吧，人家媛媛平时学习够忙的了，周末来咱这儿就好好放松一下，做什么题啊。"

脸上带着两坨高原红的媛媛一脸严肃地看着小刘说："姐姐，没事，我最爱做题了。"

谁是你姐啊，我才没有你这种情商负分的妹妹。小刘当下只想拿起书架上一整套《五年高考三年模拟》扔在她本来就凹陷的鼻梁上。

看继母没有放弃的意思，小刘只好拿起笔，强行作答。继母带着看笑话的脸色盯着她，不时转过头，对媛媛露出赞许的神色。

答完题，继母拿出一份答案开始计起了分数，小刘无语，好在最后小刘和媛媛得了一样的分数。

继母像小刘预料中的一样，拉高声音说："看看人家，才上高中，还指望你这个大学生能给人家辅导辅导呢，你这基础我看就是太不扎实。"

还有一次，小刘被继母要求陪着一起去超市，她说要买的东西太多自己拎不动，小刘只想说，你看看自己的手臂，定海神针你单手应该也拨得出来吧。

继母带着媛媛在超市里东游西逛，看到各种新鲜玩意都会问媛媛一句："这个你需要吗？"

小刘跟在她们身后，像一个路人。

这种状态持续了三年，直到媛媛高中毕业去了一所很远的大学。高考结束那年夏天，缓缓的爸妈终于有机会来城里办事顺道一起到小刘家坐会儿，连吃带喝还拿礼物，走之前再三强调："有时间一定请你们吃饭。"那句话在某种意义上等同于"我中了彩票一定买套房给你"。

有天小刘回家，听到继母气冲冲地从外面回来，边走边骂街。一进门，她对着小刘爸没好气地说："你家这都是啥破亲戚。"

后来小刘才知道，继母之所以热心地对待媛媛，是因为听说媛媛的爸爸是个煤老板。

可是三年多过去了，每次除了让煤老板蹭吃蹭喝，她什么也没捞着。前段日子煤老板有一单大生意要来约谈客户，字里行间暗示，需要一个司机接送，继母立刻替小刘的爸爸答应了，并且计划好了在那天的路上向他开口借钱。

那几天，继母每日亲自在车上陪坐，煤老板跟她从宇宙初开聊到村头的母猪难产。时不时向她炫耀，我今年收成不错，又在村头盖了好几间房。

她鼓起勇气找准时机准备借钱，煤老板开始上演可云的戏码，只差抱住继母大叫："宝宝，谁杀了我的宝宝？"他恢复理智之后，语无伦次地推托："我们媛媛啊，我准备送她出国，国内的教育我觉得太落后了，要让孩子出国看看。这几年谢谢你们的照顾，孩子有出息了将来一定报答你们。"最后又搬出了老台词，"有机会请你们吃饭。"

后来继母再也不肯接待小刘家的任何亲戚。

小刘讲完这个故事，问我：你也有过这种讨厌的亲戚吗？我努力回想了一下，说不上亲戚，但还真的有。

那会儿我刚上初中，青春期发育过剩的我体重飙到了一百八十斤。有一天，我在午休，表哥跑到我家拉着我，兴奋地说："陪我见个人。"我想都没想说不去。他动了一下浓眉，说："有礼物拿哦。"

我俩走到我家附近的超市，从直梯上到二楼，走了没几步，停在一个美妆柜台前面。那个女孩站在柜台后面，脸上的妆厚得像魔术道具，要是你拿手指按过去，整根手指就会瞬间消失。

他们两个深情对望，没有人说话，那女孩用余光瞥了我一眼，我看到她整个身体顿了一下，接着她打破沉默，对表哥说："你弟弟，怎么变这么丑了?"

我当时只想拿起离我最近的卸妆油,泼向她脸上龟裂的粉底。

不懂为什么在有些人的世界里,没分寸反而是一件很自然的事情。

去年万圣节,公司同事不知道是不是吃了被门夹过的核桃,灵机一动,想到了一个圈钱的好方法。他们把工位布置得很有节日气氛。拍照两块,附送免费修图。

结束后一个同事发了朋友圈,他的一个远房亲戚在朋友圈下面蹦出来留言:"图上的这个木马不错,给我拿回来。"同事回复:"这是公司同事的。"对方立刻回他:"在大城市工作还这么小气啊?"

再往回倒退一年,我刚来北京,在一家视频网站公司实习。不时有一些陌生人在微信上问我:"在吗?"接着单刀直入,"你们在这儿上班,买会员不用钱吧?"

我告诉他们,即使在这里工作,会员一样需要花钱买。结果对方从手机听筒里发出质疑的语气:"哟,在那么大家公司实习,连这点福利都没有啊。"

这种逻辑无比滑稽,如果你在银行工作,金库的钱你还随便花了呗。

他们让我想起微博上随意发表评论的人。微博上的人是因为没有实名制，所以不用为说出的话负责；而他们则更为可怕，站在所谓的"为你好"以及"大家都是亲戚，这只是举手之劳"的角度，即使让你受到伤害，也只会说："怎么了，我只是出于好意啊。"

人生哪有那么多为你无条件打开的绿色通道？

既然讨厌的陌生人可以拉黑，我觉得这样的亲戚也应一样。

因为我找不到男人和工作，我妈要和我断绝关系

01

"从这个洞，能看到朋友正在做一些羞羞的事。"

马漂亮说她很想结婚，所以相亲的次数不下十次。

第一次通过相亲认识的男人，和马漂亮同龄，长相阳光干净，有稳定工作，谈吐幽默。差一点，马漂亮就以为自己遇上了真命天子。交往半年后，两人跟着两对情侣一起去青岛度假，三对情侣各住一间。

当晚吃完海鲜、看完海景，他们三对各自回了房间。毕竟是第一次和男友过夜，马漂亮内心无比害羞。于是她首先冲进卫生间洗了澡，出来后却看到男友只穿着内裤，趴在墙上，不知道在做什么。她

上前询问，男友立刻伸出食指放在嘴边，示意她闭嘴。

他附在马漂亮耳边，悄声跟她说："墙上有个洞，本来塞了一截卫生纸，不知道怎么掉了出来。从这个洞，能看到隔壁的朋友正在做一些羞羞的事。"

马漂亮趴在洞上看了几秒，被男友一把拉开，他自己撅着屁股兴奋地看了起来。于是马漂亮扫兴地上了床，看完了一整期《快乐大本营》。最后男朋友终于回到床边，说："累死了，腿都麻了。"

之后一秒便睡去了。

马漂亮在床上愣住了，不知道男友这场打的是什么牌。

02

"你有房啊，以后我们买房压力就小了！"

后来因为性格不合，马漂亮和"偷窥男"分了手。亲戚们炸锅了："你都快三十岁了，怎么能分手？"说得好像马漂亮这样的行为，在古代就会被挂在村口示众似的。很快，他们又介绍了一个男人给他。

碍于面子，纵然有一万个不愿意，马漂亮还是去赴了约。餐桌上，男人问她："你是做什么工作的？"她坦白说："刚辞职，准备换个工作。""啊？你都没工作啊？那我可养不起你啊。"

马漂亮想掀桌走人，但是她不敢——这样的男人，母亲手里少说还有一打。

"你是做什么的呢？"马漂亮以退为进。对方回答："我呀，在商场做保安。"

马漂亮在心里默默把介绍这位的亲戚加入了黑名单。

"我就是时运不好，那些人的能力真的不如我，就是运气好点，可惜了我啊，空有一身本事，没有伯乐赏识。"男人看着她诚恳地说。

"三十岁找不到稳定工作，你怪时运？你还想去太空研究所呢。"当然，这句话，马漂亮也只敢在自己的内心ＯＳ（独白）一下。

后来有一次，男人听说马漂亮一个人住，兴奋地在电话那头大声欢呼，可能半个济南市的市民当天都听到了这句话："天哪，有房啊，以后我们买房压力就小了，真好！"

"不过，你要是能减减肥就好了。"男人最后的语气有点恨铁不成钢的意味。

马漂亮终于忍不住了，跟他说："你史莱克的身材搭配钟馗的脸，我嫌弃你中西合璧了吗？"

"滚。"

这是马漂亮跟他说的最后一句话。

03

"小区不好停车,你下去快跑两步。"

几个星期后,马漂亮又由母亲同事介绍认识了一个服装批发店的经理,网聊了几句后,相约一起吃饭。不巧那天亲戚拜访,好死不死肠胃炎也犯了,经理提前打电话来询问,她本来想取消约会,她觉得但凡有点人性,男方这时必定是一番嘘寒问暖。可对方完全不按套路出牌,对她的病情不闻不问,只说了一句:"下午六点哦,你可别迟到了!"

见了面,她开门见山:"我今天肠胃炎,吃点清淡的吧。"紧接着,经理就带她走进了一家川菜馆。经理体贴入微地替她点了一桌子菜,有夫妻肺片、毛血旺等,点完菜还不忘跟她解释了一句:"这家川菜很好吃的,你肠胃炎,以毒攻毒一下,好得快。"

马漂亮事后告诉我,当时很想把整盆的毛血旺倒进他的脑子里。

吃完饭,经理说:"我送你回家。"两人在地下三层的停车场找了半个小时,连车灯都没找见半个,因为闷热衣服都粘在了身上,经理突然一拍脑门:"我的车停在地下二层啊!"回到车上以后,马漂亮的肠胃炎开始发作,看着旁边的经理,她咬牙切齿地想,她恨不得拉在他的车上。

到了小区门口,车外瓢泼大雨,大到玻璃都变成模糊的了。经理把车停下,对马漂亮说:"小区不好停车,你下去快跑两步。"

下车到家的距离至少五百米,就算是刘翔,回去也得披头散发。马漂亮淋着雨回到家,收到了经理发来的微信,他说:"明早一起去爬山吧?呼吸一下雨后的新鲜空气。"

马漂亮回他:"我看你呼吸的是沼气。"然后拉黑了他。

04

"她跟了我,就不用上班了啊。"

最近一次相亲,她遇到了一个"拆二代"。介绍人跟她说:"你好好把握,如果攀上他,你就是刚过门的罗子君。"

第一次见面,让马漂亮印象深刻。对方最扎眼的是腰间挂着的宝马钥匙。看着他从远方逐渐走来,感觉有好几个鱼塘承包合作的项目需要他处理。她想,像这种爱显摆的男人,平日里出手应该也不会太小气。

两人第一次去超市,买了大包小包的东西,外面气温三十六摄氏度,男人果断拒绝了马漂亮的打车请求,坐着公交车回家。放下大包小包后,男人提议:"不如去骑马吧?"

马漂亮可以说是尿包界的翘楚了,就这样跟着男人去了马场。

三十六摄氏度的夏天,她骑着马,感觉自己在扮演关公大战秦琼。骑完马,马漂亮要喝水,男人再次拒绝了她,说:"马场里比外面贵一倍,划不来,你忍忍。"

马漂亮只好扭头就走。

后来相亲的介绍人反馈,男人说她:"不识好歹。""多少女人想跟我?不用出门工作,在家洗衣做饭、相夫教子,多好啊?一个月我还能给两千块的零花钱。唉,我都替她可惜。"

马漂亮说,当时她最想做的事,就是去求职网站上发布一则广告,内容说:"专业种马,配种三十,不用管饭,给水就行。"

05

"我也想结婚,我也很绝望啊。"

和我认识的很多奔三女青年一样,马漂亮也乐观、开朗,职业自由——因为现阶段的她,压根儿就没有职业。她在国内某通信公司就职过,干了一段时间,觉得生活了无生趣,于是裸辞跟着前男友去北漂。后来公司倒闭,她顺势回了老家。

前段时间通信公司再次招聘,马漂亮的妈催促她赶紧去投简历,她当即拒绝了她妈,她妈说:"你如果不回去,我就跟你断绝母女关系。"她不耐烦地说:"断吧断吧。"

第二天一早,她接到一通电话,对面是一个陌生男子的声音:"请问是马女士吗?我受您母亲的委托,需要跟您办理一个断绝关系的业务,您下午能不能过来一趟?"

马漂亮破口大骂:"你脑子有病吗?"

马漂亮说她从来不像有些女孩一样排斥相亲,可为什么没有结果,她也解释不来。

后来她意识到,二十五岁以后,除了催她找工作,她妈唯一的爱好就是催她结婚了。可前提是,她也得找到合适的人啊。她妈跟她断绝关系之后,就把她爸赶到了马漂亮的住处,让他当一个二十四小时的间谍,观察女儿平日都在做些什么。

半个月过去了,马漂亮的爸爸终于从她家离开了,爸爸回家的第一件事,是跟老伴郑重地汇报:"你女儿应该不是同性恋。"

马漂亮跟我说:"我×,他在我家看黄片,我还没怀疑他呢,你说他是不是跟我妈感情也有问题啊,万一他俩离婚了怎么办?现在这把年纪还好意思再婚吗?"我对她说:"你可省点心吧。你以为你妈把你爸支出来这么多天,真的是为了监视你吗?看没看过《围城》?"

马漂亮不解,问我:"什么意思?"

我在微信上打字回复她:"外面的人想进去,里面的人想出来。"

Part 3

来，我给你讲个故事

STAY AWAKE,
STAY ALIVE

大夫们

01

小时候我家人对我最常说的一句话是,"按照你每年给医院送钱的数字,咱们家完全可以再养一个孩子"。好在那些年国家实行计划生育,所以我每次都能以一个胜利者的姿态对家人说"真是不好意思呢"。我也必须承认,纵然逞了一时的口舌之快,生病的确不是一件让人开心的事。

据有关人士的可靠消息,我从小身体差、易得病的根本原因,归咎于我的母亲不肯喂我母乳。具体情况目前我无从考证,打记事开始,很长一段时间我都往返在家里到医院的路上。当时我家附近有家诊所,大夫姓胡,不知道他的姓氏是否曾给他的职业生涯带来过什么负面影响，反正那时我一听到胡大夫的名字，就吓得发抖如筛糠。

因为抵抗力差，我一旦发烧感冒，就要被家人强行扭送到胡大夫的诊所。按照当时的发病概率，我每个月至少要被扭送三四次。胡大夫的太太也是一位大夫，在那个年代，她的穿着打扮轻松甩掉城中村那些三姑六姨十条街不止。在诊所值班的时候，她时常在白大褂下面穿一双黑色长筒皮靴，下半身搭配一条短裙，靴子和裙子之间，露出的是她根据心情精心搭配的彩色丝袜。

即使我承认她属于外貌好看的女性，但在一个儿童的眼中，再好看的女性，只要和"医生""打针"这样的关键词联系起来，就约等于"恶魔"和"地狱"。

真正激化我们之间矛盾的一件事，还要归功于我那不争气的妈。

当年我还不到五岁，爱豆（偶像）是葫芦七兄弟，我热衷于搜集所有关于他们的周边。在那个周边产品还很匮乏的年代，我唯一能搜集的就只有漫画书。因为某次我不愿服从被扭送的现实，我妈一气之下把我的漫画书送给了胡大夫的儿子。得知这个噩耗后，我的大脑神经抽搐了一下，内心最不容侵犯的地方，似乎被人狠狠踩了一脚。而这个人不是别人，正是我妈。

我追到诊所试图寻仇，没料到，我妈和胡大夫的太太忽然从角落里冲出来，不费吹灰之力把我缉拿归案，将我按在桌子上一通狠扎。

也就是从那天起,我无时无刻不盼望着,胡大夫的诊所关门大吉那一天的来临。

02

胡大夫治好过很多人,也有很多人是他不敢治的。比如年纪太大的老人,或者患上疑难杂症求医无门的外地人,我从来没想过,有一天我居然也会被他拒之门外。

那阵子我家来了一个远房亲戚,在他走后没多久,我就离奇地病了。家人把我送去胡大夫那里,他直接表示,"我束手无策,你们另请高明"。等到去医院完成一整套复杂的检查流程后,医生对我妈说:"孩子得了肝炎。"

我妈当下的心态一定崩溃了,找了个报刊亭打电话回家报信,当天我们全家被两件事搞得手忙脚乱:一件是托人给我办理住院手续;另一件是打电话给千里之外的远房亲戚,询问他是否有病史。那个亲戚唯唯诺诺地在电话里说:"啊,我几个月前得过肝炎,不过都好得差不多了。"

在他事不关己解释的同时,我正在被领着办理人生第一次住院的手续,直到现在,闻到消毒水的味道还不由得浑身一紧。故事后来出现了一个反转，在我住院三四天后，医生跑到住院部跟我妈道歉，说："实在抱歉，我们搞错了化验单，你儿子得的是肺炎，快让他转科吧。"

我妈当时的心态估计又崩溃了一次，她以身犯险带着我在危机四伏的肝炎病房已经住了好几天，却迎来了这样的结果。

出院以后，我们就很少去胡大夫那里了。

或许也是巧合，打那之后，诊所所在的那个村子搞起了翻修建设，马路被挖掘机搞得七零八落，空气里常年飘浮着尘土。诊所的生意受到了不小的影响，半年后我爸带着我路过那里，发现诊所已经变成了一家理发店，出于好奇且碰巧正好需要剪发，我爸带我走进了那家店。

店主是一个长发女子，穿着一条短到令人害羞的牛仔短裤，理发店的门外挂着七彩霓虹灯。听完我们的来意，女子有些意外，但还是顺理成章地从柜子深处拿出了理发推子，我爸跑到外面抽烟，等他再回到室内，看着镜子里的我，这个三十多岁的男人惊得说不出话来。

我头发的长度只比光头长了些许，还参差不齐，在家随便乱剪都比当时更有造型感。女子满脸期待，对我爸说："剪好了，五块钱。"

我爸和她大吵了一架，责问她外面零下的气温，怎么能给一个小孩剪成光头。女子反驳，这哪他妈是光头？明明有头发的。我爸说，嘴还不干不净的，这个钱更不能给你了。

在后来的一个月里,我都必须每天戴着帽子去学校。那时我已经确定,胡大夫的诊所的确是个不祥之地,你看,即使改成了理发店,来了我还是会遭遇不测。

03

胡大夫诊所倒闭以后,我内心窃喜,觉得人生仿佛得到了救赎。

我从小常常感冒发烧,还曾得过肺炎,而在被确诊鼻窦炎之前,这些都没被我当成过问题。邻居张伯伯四十多岁,因为体形肥胖,时常被大人用来当作威胁,他们毫不客气地警告我说:"你再吃,等你跟张伯伯一样胖我看你怎么办。"有时在院子里和张伯伯狭路相逢,他们只会笑脸相迎,热情地客套:"你看人家老张身体多好,不容易得病。"

张伯伯的女儿是我的发小,她和我们讲过,她爸爸年轻时是混黑社会的,打架、骂人、抽烟、烫头,直到浪子遇到了真爱。结婚以后,张伯伯金盆洗手,在家安心做起了小本生意,慢慢地,不光脾气变得不再易怒,身材也从曾经的八块腹肌变成了一整块的超大腹肌。

那时张伯伯除了是我家邻居,我们还是"病友"。他和我一样,有很严重的鼻炎,除此之外,我们都还得了一种叫作鼻息肉的病。

这种病当时比较可怕的地方在于，息肉会随着时间逐渐在你的鼻腔里野蛮生长，直到填满整个空间，最终让你无法呼吸。而对它，只有直接在脸部开刀才可以根除。这也会带来一个很麻烦的后遗症，脸上一定会落下疤痕。

剩下几种激光治疗和冷冻治疗，除了让你感到病痛带来的折磨，几乎没有任何意义。家人看了看我的长相，替我做主选择了保守的治疗方法。

从那时起，家人定期要送我去医院治疗。"治疗"这两个字听起来不痛不痒，却是这个世界上最残忍的酷刑。

04

每次治疗后我都流着鼻血思考，我有限的生命到底能否支撑到科技发达的那一天，可以无痛治疗好我的病。后来发现，这个世界上连号称无痛的无痛人流都只是虚有其表，其他的手段又怎么可能让人轻松康复。

到了暑假，奶奶爷爷听说老家有两个亲戚，号称"半仙"，据说包治百病，抱着尝试的心态，他们带着我和表哥、表妹一起去了趟陕北。

现在回想，也不知道究竟算不算走运，我们在陕北待了一个多月，就遇到两次洪水。那也是我人生头两次看到那样壮观的景象。

洪水来时，电闪雷鸣，景象可比城市里来得壮观很多，晴空万里转眼间就成了阴云密布，冰雹个头大得可怕。这时爷爷突然发现窑洞里只剩下我和表妹，两个表哥不知所终。

冰雹刚停，外面还下着瓢泼大雨，爷爷一个人打着伞去寻找两个孙子。一个小时后，雨刚小了些，我看到两个表哥垂头丧气地走到院子里，爷爷跟在后面骂街。

爷爷是在河堤找到他们的，那时河水刚刚涨潮，水流还没有那么湍急。这两个加起来刚过二十岁的少年，正尝试着把脚放进翻滚的河水中。这一幕正好被站在不远处桥上的爷爷尽收眼底，吓得差点没从桥上掉下去。

他们跟爷爷解释，他们只是想尝试自然的洪水和城市人造的海浪到底有什么不同。后面的几天，他们两个人被禁止参加任何活动，大家都闲得无聊，只能和亲戚的孩子一起寻找新大陆。

窑洞的屋顶上才真的是别有洞天，我也是跟着上去才知道的，那里居然有一座庙。那是一座废弃的庙宇，门口挂着一把陈旧的铜锁。表哥拿起来观察了一会儿，把它放下，抬起脚一下子踹了上去。老门不堪重击，冲我们几个侵略者敞开大门。

里面有几尊不知名的神像，无一例外结着网，依照上面落灰的程度判断，起码已经断了香火三五年之久。墙角堆放着一些没用过的香，表哥冲过去把它们捡起来，从口袋掏出打火机点燃，自始至终动作一气呵成。

我猜不透他要干什么，还在犹豫、观察时，他走到当中一尊神像前，把点燃的香火戳进雕塑的鼻子，完毕后炫耀地看着我，说："哎，我在帮你治鼻炎。"

亲戚的小孩脸上的表情既兴奋又害怕，兴奋的是村里从来没有过这样的玩法，害怕的是他也不知道这究竟会给我们带来怎样的灾难。

所幸，灾难也只降临在了我一个人的身上。

半仙夫妻和我想象中的不太一样，总体来说，他们相当纯朴，与其说他们是神职人员，看起来倒更像一对靠干农活养活一家老小的夫妇。

他们没询问我的病情，盘腿并排坐在了我的对面，我刚准备说话，女半仙示意我安静，我只好看着那两个成年人闭上双眼，在我的面前开始了表演。

那个年代最火的电视剧是《新白娘子传奇》，夫妇二人就像电视剧里的白蛇作法那样，食指和无名指并在一起，对着天空一顿乱挥，我看呆了，没忍住问她："阿姨，我看不到五颜六色的光，你们能看得到吗？"

女的淡定地说："当然可以，我手里拿的是七彩的丝线，这是师父交给我们的针，这些针穿进你的脑子里，你的病自然就好了。"

我嘴上发出"哇"的赞叹，心里还是疑惑了一下，为什么治疗鼻子要把针线送到我的脑子里？

男的全程冷静沉着，除了"作法"一句话也没说过，我看着他们在我面前连续挥舞手臂十多分钟后，二人并排从地上站起来，拍了拍屁股上的尘土，跟我说："回去吧，你的病几天后就好了。"

暑假结束之前，我们回到了西安，几个月过去了，我的病也没有任何减轻的征兆，家人不得不把我再次送去医院治疗。

那时还没有拉黑功能，如果有，想必这两个亲戚一定会被我们全家永久拉进黑名单。

一天中午，我从学校放学，奶奶把我拉到路边，好像要警告我什么事，神神秘秘地说："你张伯伯昨晚上没了，他跟你得的是一样的病，就是因为不按时治疗恶化了，你听奶奶的话，遭再大的罪咱也得治。"

听说张伯伯因为没把这种病当回事，在医生极力要求他住院的情况下，他还是回家去了，那天晚上，他就在自己的睡梦中离开了。

不记得我们最后去过多少家不同的医院，反正彻底治好的那年，我就要上初中了。

这样轻松的日子没持续多久，我家不远处的路口新开了一家李大夫诊所,也许是为了支持人家创业吧,没多久,我就得了胆结石。

05

我之所以相信童年阴影,是因为我第一次见到李大夫,就觉得她和胡大夫的太太长得没什么区别。

那几年我开始频繁地肚子痛,而且一旦痛起来,就会一发不可收拾。每次被送到李大夫那儿,她总会立刻拿出一支藿香正气水给我灌下去,大多情况下,十分钟后,我确实不再疼痛。但这种方法时好时坏,等我被送到医院,抽血化验,总是查不出个所以然。

李大夫说自己在大医院提前退休,不甘心回家给儿子当奴隶,只好把自己攒下的积蓄花掉大部分,在比较繁华的地段开了这家诊所。即使她竭尽全力,可附近依旧还有无数家"张大夫诊所""王大夫诊所"和她强行并列,在这场比赛中,她不知道什么时候才能和他们分出伯仲。

李大夫的儿子三十多岁,长得其貌不扬。有次三姑去诊所看我,回家之后,说了一句:"为什么医生治病救人,儿子还能长得那么丑啊?"

我找不到任何可以反驳的点,只能闭嘴。

长得丑其实不能算是缺点,但性格缺陷,恃宠而骄,可能就是李大夫多年来溺爱娇纵儿子导致的结果。我虽然没有整日住在李大夫的诊所，但为数不多的几次偶遇，我发现，她的儿子总在对母亲发火。

比较过分的一次，他甚至当着整个诊所患者的面，给了母亲一脚。

李大夫擦了擦白大褂上的脚印，对儿子声音颤抖着说："你就当着这么多人的面这样对我？"

我把这件事告诉三姑，她脸上的表情微妙十足，对我说："你看吧，这叫什么，相由心生。"

有次晚上我又发了病，那次症状可比以往的任何一次都来得凶猛。我浑身冷汗地躺在床上，汗水浸湿了整个床单，我能听到家人叫我，却没有丝毫的力气做出回应。等到家人把我送到医院，做完各项检查，医生又给开了一些胃药打发我们回去。

第二天一早，我被送去李大夫的诊所输液。中午左右，她儿子怒气冲冲地走进诊所，李大夫好像预感到会发生什么，特地拿起了外套，把儿子拉到门外。我因为好奇一直看着他们，他们先是聊着什么，儿子突然愤怒地抓住李大夫的头发，就像在对付一个敌人。

儿子至少也有八十公斤，他只用一只手，就把李大夫摔到了地上，来往的路人不知道发生了什么，没有人上去劝架。我独自一人待在诊所里，脑海里只有一个念头：要是李大夫被他打死了，等会儿有人帮我拔针吗？

终于，有个女人冲上来分开了他们母子俩，很久之后，也是通过三姑六婆发达的信息网，我才知道，那个劝架的和平女神，其实就是李大夫的儿媳妇。

李大夫帮我拔针的时候，眼眶含泪，跟我家人嘱咐，消炎针打完，等身体好些之后，一定要换家医院做个彻底的检查。

我看到奶奶偷偷过去询问她什么，虽然声音很小，可我还是听到了她最后说出的那句话："有什么用啊，治好那么多人，自己的儿子教也教不好。"

家里人听从李大夫的建议，带我换了一家医院，问医生我是不是有严重的胃病，医生听完病情描述，对我家人说："你家孩子这么胖，怎么可能是胃病？"

后来 B 超证明医生说得一点也没错，困扰我一年之久的肚子痛，居然是因为普通青少年发病概率并不太高的胆结石。

06

胆结石手术出院之后，有一两个星期我都没怎么出过门。李大夫的诊所就在那段时间里关掉了。后来那家门面变成了一家烟酒超市，连事事通晓的三姑六婆，也不知道李大夫一家到底搬去了哪里。

现在想起这些，竟然有种中年男子酒后话当年的意味。人生数十年，很多事是你抗争不了的，比如必须治疗的疾病，以及无法选择的子女。

生活还是一样，现在我偶尔还是会有小病小痛，看着各种陌生人从彼此的生活里匆忙路过。说实在的，在有限的人生里，也不是很想再遇到那些大夫了，至少，别是在生病的时候吧。

薛婶

01

第一次见薛婶,我根本不在乎她是谁。因为我原本约了她老公——到公司谈事情。

她老公是个整形医师。我在一个演讲活动的宣传海报上看见过他,于是发私信邀请他参加节目面试,几天以后,一个女人加我为好友,我点开她的头像,以为发出好友申请的人是歌手苏运莹本人。

他们来公司的时候不止夫妻二人,跟着他们的还有一个很爱讲话的朋友。不管我们聊到什么话题,这位朋友都会自觉加入谈话,发表一段他在主角记忆中到底有多重要的演讲。我当下只想赶他出去,让他别再给自己加戏。

我发现医师本人并不健谈，反倒是他太太更适合参加节目。他太太自豪地向我炫耀：我是薛医师的太太，艺名丁小妙，你也可以叫我薛婶，他所有对外的自媒体都是我在经营呢。

她脸上带着一副"瞧把我给厉害的"的表情，我说好好好，那咱们聊聊。

薛婶已经是两个孩子的妈，这点我并没有刻意询问，我想她大概是希望我在听到这句话后，质疑她"你这么年轻怎么可能？"可我并没有。她不时透露"哟，我每天在两百平方米的席梦思上醒来，睁开眼，老公、孩子和人民币都在"。从那天之后，我们两个之间再没用过敬语，张口闭口称呼对方"野鸡"或者"老妇"。

我问她："你觉得我整张脸有什么需要改变的地方？"她诚恳地看着我："我觉得其实没什么太大要改动的，别浪费钱了。"我用威胁的语气让她认真分析，她想了想，说，"我觉得吧，鼻子要垫，眼角要开，颧骨得削，下巴也要弄……"我说你还是闭嘴吧。

跟她聊天的过程中，很多曾经我以为靠着天生丽质游走演艺圈的人，全被她撕下了假面具，她说你别傻了，干这行的谁不整容啊，连我都整过。

我看着她的脸，产生疑惑，问她："你整成苏运莹，是想看起来很会创作吗？"

她一边"哈哈哈哈",一边说:"你给老娘死开。"

02

薛婶说,作为一个通过医美直接获益的妇女,一直对科技带来的二次进化感到骄傲。让她不明白的是,明星花了那么多钱整形,为何不愿意告诉大家。不愿意说就算了,他们还搞出两套说辞证明自己勤奋努力,一个是戴牙套拔智齿,一个是减肥。

重点是,智商没上线的少男少女们,还真的对此深信不疑。

据薛婶讲,有个选秀歌手出名时长着一张嫩牛五方脸,后来削下颌角做颧弓手术变成鹅蛋脸,连亲妈看到都会问她"你是谁",而本人硬说自己是减肥加拔智齿。薛婶不能理解,为什么整容在他们眼里是件羞耻的事,整牙则不是?后来我们观点达成一致,干一行爱一行才是这件事的本质。电视上那些谈情说爱的男女,克服地心引力飞来飞去的仙子,命运总是"玛丽苏"的皇室贵族,要是全长成我这样,才是一件很丧的事吧。

不是所有的事都需要真实,美颜相机的发明者可能是最应该获得诺贝尔奖的人。

薛婶从业十几年,最早的整容用她的话来讲,其实是切丁丁。后来她嫁为人妇，眼看着整容业的变迁发展，从切丁丁演化成了切丁丁皮，随后再演变成切双眼皮……她觉得舞刀弄枪这件事毕竟不适合她这种女孩子，就摇着自己不怎么轻盈的身体一变而成老公背后的那个女人。

薛婶觉得，艺术源于生活才是生活的本质。明星不愿意承认自己整容，大概是怕被黑粉judge（批评），而老百姓整容，连自己都要judge。

薛婶入行十几年，见过不少奇葩。在美国，整形手术之前是需要接受心理评估的，在中国，只能依靠医生当天的手气，或是看相、测八字、星座运势等外力。薛婶职业生涯的第一次滑铁卢发生在前年，她描述，这起烈性案件来自一个立志要做唐山一姐的姑娘。

身为煤矿世家的大小姐，从十四岁起，她独自一人常年住在北京三环的五星酒店，她的使命是要成为唐山颜值担当，而她要实现梦想，只需要一对让眼睛炯炯有神的欧式大双眼皮。

面诊后，姑娘带着爸妈去交钱签字，在医院产生分歧。于是姑娘在医院门口一哭二闹三上吊，爸妈又把她领回来做了手术，接着，噩梦也开始了。

在恢复期里，她每天发数千字的短信谩骂哭诉，后来发展成在贴吧追骂所有发过跟医生相关案例的女孩。薛婶跟她的爸妈反映，爸妈无奈举双手表示："我们管不了，一管她就要跳楼。"

折腾了足足三个月,她的欧式大双终于消肿了,连句道歉都没留下,姑娘在薛婶的世界里消失了。

这件事要是可以怪罪于体制的不完善,薛婶表示还可以理解。但谁告诉你手术做得好的就不需要安慰?

很快他们遇到了一个东北来的姑娘,做了鼻子修复手术,本人也算身经百战,之前在韩国和日本都做过手术,主人依然不满意,这次修复后她终于满意了,为了表示感谢,还给医生送了锦旗。

事与愿违,姑娘回家想了想,发现事情没有那么简单,鼻子太完美了,我怎么可能这么美?于是她开始上网查隆鼻以后的风险,得出的结果是可能会感染变形。

于是她开始日夜担心这些情况会降临在自己身上,逐渐发展成夜不能寐、不吃不喝,很快她成功患上了抑郁症。薛婶不但要做她的心理安慰师,连她妈的心理安慰工作也得负责。谈到这件事,薛婶用一种客栈老板娘碰到醉汉的态度,说:"老娘不认还能咋办。"

她说,你别觉得这年头钱好挣,每行每业都要付出其他行业看不到的代价,有的明星是不能公布恋情,我们是手术不允许失败。你成功一百次,不一定有人记得住,失败一次,就遗臭万年。

薛婶喝了一口水,又补充一句:"谁让我们挣得也多呢,高投资高风险嘛。"

03

录完节目,由于薛婶有些紧张,表现得不是太好。薛婶知道自己的部分被剪掉以后,跟我说:你好好争气,有天让老娘在你身上把损失的钱都挣回来,虽然我也不抱太大希望。

她留在节目里的唯一一句话是:"减肥之后,你可能发现自己需要面对的是更加惨淡的人生。"

我经常质问她,你在讽刺谁,都这把年纪了,能不能别再疯疯癫癫的。她会反驳我:"你放屁,老娘是贵妇。"

她对"贵妇"这件事的定义跟我还是有些偏差的。在我的理解范围内,贵妇脖子上围着貂、牵只松狮,站在花园里花式骂保姆,香水比狐臭还要刺鼻。薛婶觉得并非如此,贵妇再贵,也要有自己的事业。

她介绍我去她的工作室文眉,医师是一位外国来的女院长,既然叫院长,我想应该是整形医院的一把手。院长跟我沟通时全程讲外语,因为听不懂,我只好不停说好,接着院长自言自语说了一段话,我表示疑惑,翻译说,院长在吐槽你,说你怎么什么都说好。

结束后,我把文眉后的照片发给薛婶,她微信回我:"嗯,终于像个人了。"

猝不及防，她突然走心地说："你知道李院长的来路吗？她老公在国外开了好几家大型医疗器械工厂，可是她还这么勤奋工作，她一个贵妇都这么拼，你说我不拼说得过去吗？"

薛婶每天把赚钱挂在嘴边，最喜欢对我说的一句话是："你不知道这次浪费了我多少时间，老娘在你这儿做了那么多的免费咨询，你知不知道我的时间是按分钟收费的？"

我跟她保证，有天我会让更多的人知道你，毕竟像你嘴这么贱的整容医师太太，也不多见。她说好，我也会尽力找人帮你解决鼻基底凹陷、鼻头肥大、鼻翼宽大、额头过长、没有下巴、大小眼、嫩牛五方脸的问题。

薛婶的口号："人不能没钱，更不能丑，这两者如果要做一个抉择，就是宁愿没钱也不能丑。"

我对薛婶说："你没上节目其实挺可惜的，好多人都觉得现在的人只要嘴贱就会被人喜欢，但忽略了很多基本事实，就像你，除了年纪大点、嘴巴贱点，人乐观又上进。"

薛婶一副不耐烦的神情，说："呸，我只听见你夸我美了。"

虽然我不知道我哪句话给她造成了这样的误会，但我知道，她一定也同意我的观点。

吴凯丽

01

　　吴凯丽的童年，算一算也是二十多年前的事了。那时吴凯丽的父亲正值壮年，是国企的高管，每日忙得连回家吃饭都顾不上，经常派徒弟接吴凯丽放学。一个平常的冬天傍晚，父亲的徒弟照常来接吴凯丽放学，不平常的是，徒弟对吴凯丽说，我知道一个地方特别好玩，离你爸下班还有一会儿，你要不要跟我一起去看看？

　　吴凯丽没看出什么异常，点头答应。那个二十岁出头的青年，把吴凯丽带到了学校附近的无人区，在气温零下的空地上强暴了她。

　　晚上九点左右，吴凯丽衣衫不整地回到家，母亲看到她的那一刻，眼泪立刻就流了下来。吴凯丽脑袋还很清醒，她甚至在想，怎么今天的一切都像狗血电视剧一样?

母亲前言不搭后语地给父亲打了一通电话,半个小时之后,父亲从单位赶回家,一进家门,看到吴凯丽的瞬间,父亲当着她和母亲的面跪了下来。吴凯丽有点不知所措,但脑子还是很快决定了接下来要做的事情。

她对父母说:"我要报警。"父母被吴凯丽的声音吓住了,那个声音里透着沙哑,仿佛一个经历过生死的大人。父亲让身体从地上挪动到吴凯丽面前,像是早在脑海里盘算好了一样,对她说:"闺女,你想清楚了吗?这个事要是传出去,你以后根本没法做人了。"

母亲听后只继续流泪,没有理会吴凯丽的眼神。吴凯丽背过身去,说:"错的又不是我,我怎么就没法做人了?"

夜里,吴凯丽和父母一起去了派出所,警察和他们一起赶到单位的员工宿舍,抓走父亲徒弟的时候,吴凯丽看了一下宿舍大堂墙上的石英钟,时间刚过午夜十二点。

02

吴凯丽后来十几年的人生,都被笼罩在"不是处女"的阴影里。社会呼吁"男女平等"多年,可在一些我们看不到的地方,依然有很多人恋恋不舍地收藏着隐形的裹脚布。

初二那年,吴凯丽初恋。男孩是班里一个运动型男生,下课的时候,他在篮球场上肆意奔跑,四周全是为了他兴奋不已的初中女生。吴凯丽庆幸自己那时还没长开,长开以后,她再没听到过有人夸她漂亮。

她不太理解,为什么男孩偏偏绕开了玫瑰丛,挑选了她这朵并不出众的牵牛花。三个月里,吴凯丽每天帮男孩买早餐,下课也不忘在太阳底下随时待命。一天早晨,吴凯丽照例拿着早餐到了男孩的桌旁,男孩看了她一眼,把早餐朝她手里推了回去。他开口的模样,吴凯丽永远忘不了,表情就像在退还一件他不喜欢的衣服:"我妈说了,让我别跟你在一起,因为跟你这样的女孩交往,我可能一辈子都不知道处女是什么滋味。"

班里没几个人,但是在班里的那几个人全都听到了。

吴凯丽拿着早餐走出了教室,她不知道自己要去哪儿,直到被学校门口传达室的大爷拦住去路,这才回过神来,默默掉头回到了教室。

直到高中,吴凯丽都没再谈过恋爱。这不是个感情受挫从此一蹶不振的故事,而是吴凯丽觉得,有限的人生不能再浪费在无限的傻×身上。高二那年,她还是耐不住寂寞恋爱了。对象是班里一个个子高但却不怎么起眼的男生阿宇,他不起眼,是因为他从来不和班上的同学产生任何性质的交流。

　　阿宇虽然和其他同学无话可说,却好像把这辈子的话都讲给了吴凯丽一个人听。吴凯丽听过的最浪漫的表白,就是阿宇上课偷偷写给她的字条,上面说:"有我在,以后没人可以伤害你了。"十八岁生日之前,他俩已经计划好了毕业考哪所大学,大学毕业后立刻结婚,结婚以后一起奋斗,等等。吴凯丽突然觉得,十二岁那年被人拉上了窗帘的房间,突然有人为她点亮了盏灯。

　　离高考还剩一年,一天,吴凯丽陪阿宇在操场上打篮球。和前男友分手后,吴凯丽再没来过篮球场。那天前男友也在操场上,不过看起来好像从来不认识吴凯丽一样。为了避免尴尬,吴凯丽只能装作没看见他。气温将近四十摄氏度,即使吴凯丽躲在篮板的阴影里,露在阳光下的手臂还是能感觉到轻微的疼痛。夏天才刚过三分之一,早上照镜子的时候,吴凯丽发现眼睛四周的皮肤已经留下了一个有形的"眼镜"。

　　远远地,吴凯丽看到阿宇摔了一跤,这在比赛中是很常见的事,她从阴影里出来,慢慢朝阿宇走过去,其他人似乎没有她那么悠闲,大家奔跑着围了上去,等她穿过人群,看到躺在地上的阿宇,才发现他不只是摔倒,好像是晕过去了。她试着叫了一声,阿宇没有回答。

有人在背后喊了一声"快送校医院"。吴凯丽这才开始感到紧张，只是她和所有人一样，都没想到，阿宇再也没能醒过来。

03

每个周六下午，吴凯丽都会乘坐特 10 路公交车前往八宝山。阿宇的家人逢年过节才会来，不管有什么重要的事，吴凯丽都会先把它放到一边，对她而言，没什么事比把近况汇报给阿宇听更为重要。

阿宇被送到医院的时候已经停止了呼吸，诊断结果为突发性的脑出血，疾病本来就是不分年龄的，更别说是死亡。吴凯丽考上了那所她和阿宇约定的大学，可是她打心底不知道自己未来能做什么，本来计划是两个人的，现在只剩下她她一个人了。

大学四年，吴凯丽一直单身，那时候她已经长开了，她记得阿宇说过她的眼睛像猫，可是二十岁过了之后，她像猫的眼睛突然就不在了，她的眼睛里总有一种紧张的神情，好像任何男生跟她说句话，都是对她的一种侵犯。

毕业之后，吴凯丽找了一份投资公司的工作，决定得过且过地生活下去。一天，她去离家不远的地方帮父亲洗车，店员失误把水浇进了没关紧的窗户，吴凯丽不开心地指着自己的湿衣服质问店员：你是怎么洗的车？

店员跟她道歉，说不然你把衣服换了我去给你洗干净？说完又反应过来，没有人洗车还带着一身衣服。吴凯丽看着他惊慌失措的样子，发现他长得还不错，她突然就决定原谅他。一个星期后，吴凯丽和他谈起了恋爱。

十多年后我见到吴凯丽的那天，她一副镇定自若的样子，就好像讲的都是发生在别人身上的故事。她说，我就是太缺乏安全感了，我极度需要一个家，所以才会那么着急，都没来得及多想就把自己给嫁出去了。

结婚那天，吴凯丽其实有点动摇，因为一个月前她和他第一次做爱的时候，发现他和正常男性不太一样，无论怎么尝试，他都无法正常进行。失败了几次后，那个身高一米八几的大汉，趴在吴凯丽的身上哭了起来。

那一刻，吴凯丽觉得自己身上背负了一种使命："这个人是我选的，所以无论如何，我都得和他在一起。"

她鼓励当时还是男朋友身份的老公，说："你别怕，正常人都是这样的，你有什么可哭的？"

就因为这一句话，在后来几年的婚姻里，吴凯丽把自己活生生逼到了生活的死角里。

04

结婚第三年,公司有个调去上海工作的机会。所有家在北京的同事多少都会犹豫一下是否要去,只有吴凯丽毅然决然,给上司递交了申请邮件,只身一人去了上海。

那时吴凯丽还没和任何人讲过,十多年后她当着我的面,脱口而出:"你不知道一个女人每天都要在家假装高潮,真的比他妈当牛做马还要辛苦。"

她说她离开的时候不确定自己还爱不爱老公,但她确定,那样的生活她无论如何都不要再过了。

每个第一次到北方过冬的南方人都会觉得北方的气候就像地狱,而对第一次去南方过冬的吴凯丽来说,南方差点真的成了她的地狱。

在上海待了几个星期后,吴凯丽的呼吸道严重感染,去医院检查,医生给出的诊断结果是流行性感冒,又过了两个星期,吴凯丽才知道,她被医院误诊了,那个差点害自己丢掉性命的疾病,全名叫作"冷空气过敏"。

确诊之后,吴凯丽的情况已经很危险了,她思前想后,给老公拨了一通电话,老公接了电话,沉默着听完了她的陈述,最终,那个曾经在吴凯丽怀里痛哭失声的男人,只对吴凯丽说了一句:"路是你自己选的,当时要走你也没跟我商量过。"

接下来的七个星期,吴凯丽几乎每天都要被送去手术台,上海的医院说这种病在北京治疗效果更好,于是那段日子,她插着呼吸机往返在两个城市的上空,别的她都没时间考虑,她知道自己只想活下去。这场病跟吴凯丽僵持了整整三年才离她而去,康复后,吴凯丽决定先去把婚离了。

离婚那天,在民政局外,看着前夫用围巾把自己捂得严严实实,头也不回地走进了北京的深冬,吴凯丽觉得如释重负。不只是因为她活下来了,更是庆幸她自己曾经犯下的错,老天依然给她机会,让她亲自把它结束。

05

吴凯丽说,作为一个体验过生死的人,人生唯一的目标并不是赚钱,可是在实现目标以前,还需要足够的钱。她放弃了以前的工作,转行到了房地产行业,决定在三十五岁之前赚到足够的钱,她的下半生,一定要做自己感兴趣的事。

她说的见过生死,不只是她生病那三年,当时和她住在同一间病房的小姑娘,因为同样的病情,手术的时候大出血,她目送她从病房被推出去，却再也没见到她回来。

那几年，吴凯丽工作格外卖命，除了赚到了买房的首付，还给自己换了一辆车。

奇怪的是，吴凯丽觉得自己一到冬天就特别倒霉。经历了十二岁那年和三十岁那年的冬天，她觉得自己已经死过两次，眼看她即将到达三十五岁，却被公司的老板告上了法庭，罪名是她和会计私自挪用公款。

那时房地产行业由于次贷危机，已经没有大众想象中景气，尤其是吴凯丽所在的公司，受打击比较严重，销售收入已经跟不上正常的支出。他们原本计划那年年底要交出一百一十二套别墅，但才刚过六月，老板就打算把竣工交房的三千三百万元拿出去，做一些别的投资。

老板在几个高级领导面前说，这个钱，以后我会想办法补上。

吴凯丽作为一个到阎王爷身边走过一遭的人，眼里只有黑白。在老板说完这个想法后，她当着其他领导的面大骂老板，然后当场摔门离开。离开后，她和平时关系不错的会计一起把那笔钱转进了自己的账户，当天就把这笔钱托人交给了政府，希望他们能够监管这笔资金，直到确保这些钱都用在了他们的项目上。

在随后的一年里，以老板为首的团队不断报警，吴凯丽的生活，就剩下整日被反复调查。有人在外面散播消息，说她因为挪用公款进了监狱。最终尘埃落定，已经是一年后的事。

吴凯丽觉得自己比死还累，她想了想，可能是因为死根本不累，累的是活着。

06

今年吴凯丽三十五岁，创业开了一家情趣用品公司，副业是帮人解决相关信息的咨询。虽然离她赚到足够多的钱的目标还有一段距离，但她说，她已经知道为什么而活了。

那一年吴凯丽好不容易从缠身的烂官司里虎口脱险，一个周末，那个会计朋友约她到家里吃饭。吃完饭，会计邀吴凯丽陪她去给丈夫买生日礼物，她们开着车，在北京的街道上四处游荡，吴凯丽看朋友行驶得漫无目的，质问她："你到底要买啥？天山雪莲还是长生不老丹？"

会计把车停在了一个街边的巷口，指着路边破败的门店说："我想买这个。"

看着那个残破的招牌，吴凯丽笑出了声，上面写着几个绿色的字："夫妻床上用品。"笑了一会儿，吴凯丽突然在车上失声痛哭。她的会计朋友在旁边不知所措,想不到什么能安慰她的话,最后只好说:"我们夫妻性生活不和谐,你咋还先哭了呢?"吴凯丽突然又被逗笑了。会计朋友看着她,感觉眼前的这个女人患了失心疯。

吴凯丽说不清自己为什么哭了又笑,大概就是因为那个有点倒霉,但也跌跌撞撞经过了小半辈子的自己。

马丁

01

马丁记得那个下午，一大群人拥进了他的家里，人群簇拥着一个女人，那个女人是马丁他妈。

那年他五岁还是六岁，反正才刚上一年级。母亲两条腿上缠满了绷带，被人扶着坐在了他床对面的椅子上。母亲一言不发，低头看着地板或者自己的腿，于是马丁也不敢说话，两个人就这样对峙着，直到有人再次扶着母亲站起来，艰难地走出了那间卧室。

其实马丁一直想问到底发生了什么，可他从小就被迫学会了察言观色，在那种紧张的气氛之下，马丁觉得自己不该发问，再好奇也不能。几天以后，家里又发生了一次骚动。这次马丁听说了，母亲跑掉了，在家里几个大人的眼皮子底下。

母亲说要去厕所大便，姑妈扶着她进了厕所，马丁妈对他姑妈说："你回去吧，你在门口站着，我上不出来。"马丁家的厕所是20世纪80年代那种合住房的公厕，母亲去了很久，久到家里的人开始怀疑她是否出了意外。姑妈推开厕所门，除了迎面而来的苍蝇，看不到任何有人待过的迹象。

马丁后来听楼里的人说，母亲的腿是她和男人去舞厅跳舞，被父亲捉了现行，回家以后，父亲拿刀砍的。母亲跑回娘家，没用几天，法院送来了传票，马丁完全不懂发生了什么，半个月后，父母离婚了。那时离婚还不像现在这么普遍，几乎所有人看到马丁都一副深表同情的样子，马丁不知道应该做何反应，尤其是奶奶，每天见人就说："我们家丁丁命苦啊，他妈生娃不管娃，唉，以后我娃可咋办啊？"

在某个孤身一人的午后，马丁尝试给自己洗脑，待在房间里警告自己："喂，你爸你妈不要你了，你是个'孤儿'了。"然后他情绪莫名被感染了两三秒，流下了两滴眼泪，这时外面有人叫他去玩，马丁用袖子抹了抹脸，冲出了房间的门。

02

半年以后,父亲跟母亲和好了。

这种和好,不是严格意义上的复婚。那时家里所有的大人都偷偷叮嘱马丁:"你要去劝你妈,让她跟你爸复婚,不然离婚家庭的小孩很可怜的。"马丁不敢问母亲,因为害怕被拒绝。马丁从小就害怕提出任何请求,因为被拒绝的滋味真的不太舒服。

但他不懂,为什么父母两个人已经住在一起了,却不愿意去重领一张结婚证?反正从其他大人的嘴里听起来,这件事也没有很难。有天奶奶和姑妈把马丁拦在了家里,告诉他:"等一会儿你妈来接你的时候,你一定要问她跟你爸复婚的事情,知不知道?"

马丁点点头,手心因此开始出汗。母亲让马丁坐在小摩托的后座,那时电视上正在热播王艳演的《明星制造》,母亲跟马丁说:"给我唱一首《那么骄傲》。"街上的汽车声盖住了马丁的声音,马丁唱了几句,母亲说:"好听。""你跟我爸复婚吧?"马丁趁势说出了那句任务口令。

四处都是汽车的鸣笛声,马丁不知道是母亲没听到,还是故意不理会他。一路上两人再没说过话,到了住的地方,母亲停好车,问马丁:"是你爸教你这么说的吗?"马丁摇头,为了撇开责任,立刻坦白了姑妈和奶奶向他叮嘱的一切。

母亲没有说话，去厨房倒了杯可乐给马丁，然后坐在马丁旁边的沙发上，说："大人的事小孩不要管。"

次日马丁回到奶奶家里交代战果，奶奶听完以后只能摇头，一边摇头一边感叹："唉，我娃命苦哇。"

03

奶奶常对马丁说一句话："咱们家跟别的家庭不一样，咱们很穷，你一定要争气，将来考大学，一定得自力更生。"

马丁只听进去了前半句，在他短暂的前半生里，他一直在思考，他的家里到底有多穷。父母离婚两年后，母亲突然变得很有钱。虽说距离富可敌国还有很长一段距离，但在马丁还很容易被满足的童年世界里，母亲能提供他想要的一切。那时"李宁"对于小学生还是奢侈品，一件运动服四百多块，母亲眼都不眨，直接拿去收银台结账，马丁心里莫名产生一种优越感，他想："你看，大人也不是说什么都是对的。至少，家里也没有奶奶形容的那样夸张，真的穷到了揭不开锅的地步。"

后来的一段日子事情稍有蹊跷，先是马丁发现父母似乎不太联系了。最重要的一点是，母亲不再接他去父亲的家里住了，每次母亲接他，都是带他去自己租的房子里，偶尔还有一个叔叔，他和母亲睡在同一张床上。

马丁觉得尴尬，又不知道能和母亲说什么。马丁家里的卧室有一扇窗户，晚上睡觉的时候脚对着窗，夜晚被噩梦惊醒，看到那扇窗户马丁就突然安心，窗户是一个信号，告诉他其实是一场梦。母亲房间的窗户在左侧，马丁半夜醒来，发现脚下没有窗户，朝左边看过去，那个叔叔又躺在母亲旁边。

在母亲那儿过完周末，马丁总要适应好一会儿，那种感觉说不上哪里不对，总之他要难过一整个晚上，直到吃上奶奶做的早饭。

一天，父亲打电话回家，让马丁接电话，父亲在另一头特别严厉地告诉马丁："不许再和你妈有任何联系，听到了吗？"马丁怯怯地说："知道了。"

一个多月后，母亲辗转通过表姐联系到马丁，三个人偷偷摸摸在母亲的车里见了面，上次见面母亲还没有车，马丁也不知道怎么突然就有了。母亲开车带着他和表姐到了附近的大型超市，给俩人买了一大堆零食。

那个傍晚没有夕阳，母亲跟他说："你爸不让我和你联系，我也就没再打电话了。"

马丁开始讨厌父亲，不只是因为他不让马丁和母亲见面，这次他好像真的变成了奶奶口中那个命苦的娃。

04

父亲和母亲彻底分手以后，找过几个对象，但总是有始无终。第一个女人和母亲很像，见到马丁的时候笑得很用力，似乎在努力让他接受她这个人表演出的积极和阳光。有天姑妈回到奶奶家，一脸疲惫，马丁在一旁悄悄观察，他知道等会儿姑妈就会讲出事情的前因后果。

不出所料，姑妈告诉奶奶，因为性格不合，父亲要和那个女人分手，结果女人在父亲的家里留下了一封血书。影视剧里那些血书，女主角总是写两笔就虚弱地倒下了，那个胖胖的女人却写满了整整一张宣纸。想到那个画面，马丁竟然没忍住笑了出来。奶奶说："这人怎么这么歇斯底里呢？我们丁丁绝对不能要这样的后妈。"

没过多久，父亲又找了第二个女人，那女人一脸尖酸刻薄，对待马丁总是一副不耐烦的神情。马丁没有反对的资格，准备接受这个现实，女人却带着姑妈帮忙买来的金银首饰，一夜之间消失了。那段时间父亲脸上都没什么笑容，姑妈跟马丁说："没事的时候多陪陪你爸，多去他那里住几天。"

马丁只能照做，住在父亲家里的那天早晨，天刚亮马丁就醒了，他不敢惊动父亲，只能躺在床上发呆。父亲不知在梦里遇到了什么，突然从床上弹起来，骂了一句"×你妈"。马丁不敢吭声，只能假装还在熟睡。父亲醒来，带着他去早餐店吃了早饭，两人一路无语，送马丁去学校的路上，马丁听到他叹了一路的气。

一个暴雨的午后，马丁走到家附近的十字路口，隐约听到有人叫他的名字。马丁回头，看到一百米以外有个骑摩托车的人在冲他的方向招手，他觉得好像是母亲，但转念一想，母亲现在有车，怎么会骑摩托车呢？

马丁头也没回，撑着伞快速朝家走去。

几个月母亲都没再联系过马丁，快过年的时候，家里的座机频繁接到骚扰电话，电话那头的人听到声音总是不说话，直到有次马丁骂了一句"傻X"，对面的人才说："丁丁，是我。"

母亲说她在南京出差，出了一场不小的车祸，腿受了很严重的伤。刚在医院动完手术，于是打来电话问问马丁的近况。马丁说一切都好，因为害怕被家里的其他人听到，也忘了问母亲是否有人照顾。母亲说："我给你买了件白色的毛衣，一直没来得及给你寄回去，等我出院了，就去找个邮局。"

马丁说好。然后母亲说："这个号码是附近的公用电话，我手机坏了，你最近也就别联系我了。"

直到春节，母亲也没再打来电话。春节的时候，马丁听说，母亲做生意借了一笔巨款，在规定的期限没有把钱还给那些人，并且从此人间蒸发。马丁听到那笔巨款的数额，在脑子里快速盘算着，假如八年后大学毕业，每个月工资一千块，还清那笔钱需要多长时间？

他发现自己算不出来。

05

后面的几年，母亲活得像个影子，只在特定的时间段出现。出现之后的很长一段时间，她不会再和任何人联系。马丁听说，母亲不打算还那笔钱了，当中有一大笔是马丁小姨的钱，小姨是妈妈的妹妹，而母亲好像打算就这样东躲西藏一辈子。

这一年春节，马丁不知道该不该去姥姥家拜年，后来表姐还是叫他去了。姥姥家的气氛十分凝重，小姨一家人也在，看到马丁的时候大家都很尴尬，气氛甚至有点难堪。小姨的儿子打破了尴尬，当着全家人的面在餐桌上问："马丁，你妈藏哪儿了？让她把钱还给我妈。"

马丁愣在原地，小姨的儿子那年还不到四岁。

后面的几年，马丁竭尽所能，避免一切出现在姥姥家的可能性。

父亲和一个身材、长相都说不上好看的中年女人结婚了，他记得以前父亲常开玩笑说"我这样条件的什么样的女人找不到？"而他现在却真的找了一个不怎么样的女人。父亲尝试把他接到身边一起生活，马丁拒绝了，他像所有这个年纪的孩子一样坚定且浮夸地说："我死也不会跟他们一起住的。"

为了让他好好活着，家人只能妥协。

直到马丁高中那年，他才听表姐说，母亲从外地回来了，住在市区外一个很远的地方。母亲也确实联系了他，她说："哎呀，儿子都长这么大了。"马丁觉得这句话哪里怪怪的，转念一想，好像电视剧里那些跟子女不熟的父母，都是这么说话的。

那天母亲约他一起吃晚饭，马丁按时赴约，发现母亲比几年前胖了不少，但皮肤似乎变差了些。她穿着一件红色的李宁夹克，上面的褶皱挤成了一排，马丁仔细回想，那件衣服大约是很多年前给他买那件运动服的时候，母亲一起买的，那时她一定比现在有钱。

两个人沉默地吃完了晚餐，母亲席间接了几个电话，用不太温和的语气问对方："你管我和谁在哪儿？"马丁突然想起来当时那个睡在母亲旁边的叔叔，有次他和母亲发生了争执，动手扯母亲的头发，马丁站在旁边惊慌失措，想上前却又不敢，后来只好安静地目睹了一切。

吃完饭母亲把马丁送到车站，马丁想了想，没提小姨一家人的事情。他也不知道，那是他漫长的人生中，倒数第二次见到母亲。

06

上大学以后，马丁已经很少想到母亲，这种病症叫作适应。

父亲也很少提起母亲，偶尔问一句："你妈最近跟你联系了吗？"马丁知道，他也只是随口一问。有一天马丁在上课，表姐给他发了一条微信，说："姥姥没了。"

马丁有点慌了，他打电话给表姐，那头表姐泣不成声，对马丁说："你现在赶紧过来吧。"

三个月前，马丁参加表姐的婚礼，婚礼上不可避免又遇到了小姨一家，小姨大感慨道："马丁都这么大啦。"马丁很怕他下一句问出"你妈在哪儿？"因为他答不上来。二姨夫在喜宴上说："姥姥身体不行了，刚才我跟她说，琳琳结婚，她就只摇了摇头，躺在床上也起不来了。"

马丁沉默，二姨夫突然换坐到他身边，附在他耳边悄悄说了一句："丁丁，你来。"

他跟着二姨夫走到酒店外面，二姨夫点燃一支烟，说："你一切还好吧？"马丁点头，姨夫又说，"那我就开门见山了，你跟你妈联系过吗？"

马丁只能摇头。二姨夫从口袋里拿出一张字条——已经被揉得很皱，他把字条递到马丁手里，说："这是你妈现在的手机号，我觉得吧，你还是跟她主动联系下，跟她说，钱的事情一家人怎么都好说，别为了这个断了亲情。"

二姨从酒店里走出来，骂了二姨夫一句，把马丁拉过去，对他说："别理他，好好过你的日子，你妈的事让她自己去处理。"

电话还没来得及打，姥姥就先去世了。

赶到姥姥家的那个院子，马丁有点恍惚，这些年他跟姥姥没有一点感情，那个胖胖的老太太，在马丁的记忆里永远都是操着一口河南方言，对待看不惯的事情一律一顿臭骂。客厅变成了灵堂，有人来上香的时候，儿女们便整齐划一地抱头痛哭。

傍晚马丁给母亲发了一条短信，他说："回去吧，有的事情躲不了一辈子的。"母亲打了个电话过来，跟马丁说："大人的事小孩不要管。"马丁回答说："我不小了。"

第二天马丁跟着表姐一家人去了殡仪馆，在去之前舅舅和小姨为了寿衣的数量争执起来，最后舅舅指着马丁毫不避讳地说："一开始，也没人知道他要来啊。"

那是马丁第一次去殡仪馆，表姐一路上不时重复一句："以后我们就没有姥姥了啊。"马丁没敢把心里那句话说出来："这么多年，我不也跟没有差不多吗？"

以前看电视，这样的场合总被悲伤包裹得密不透风，马丁却一点也哭不出来。旁边一家人有个小女孩，一直哭着喊着叫"爷爷回来"，马丁听了几句，就跟着一起流下泪来。那天结束马丁回到家，又给母亲发了一次短信，母亲回复他："你把姥姥安身的地方记好，我很快从外地回来，你带我去看看她吧。"

马丁说"好"。心里想着，只要母亲回来，毕业以后他愿意陪着她一起还钱。但他没说出口，愿意把这件事当成一个惊喜，当作这些年来送给母亲的一个礼物，他知道，这些年母亲一定过得也不容易。这世间每个还不愿放弃活着的人，又有谁活得轻而易举呢？

07

母亲和他约见在市区的老街。很多年前母亲做生意赚了些钱，每次带着马丁到这条街，都会给他买一大堆的 VCD 和磁带。母亲还穿着那件红色夹克，只是上面明显被补过了好几条口子。

他们两个进了一家面馆,母亲点了一大碗汤面,问马丁吃什么,马丁摇了摇头。母亲有点踌躇,说:"不给你花点钱,我老感觉哪里不太对。"马丁看着母亲吃完了那碗面,最后连碗底的汤都喝得一干二净。

他跟母亲从店里出来沿着街道闲走。沿途的几家服装店,母亲都只是进去看了看,最后什么也没买。走到已经快要无路可走,母亲说:"不然你去我住的地方坐会儿?"马丁点点头。两个人乘坐公交车,几乎贯穿整条线路,下了车,马丁发现眼前是一整片的城中村。

母亲带他走进小院的门,最里面的一间就是她住的屋子。推开门,一只狐狸狗冲了出来,冲着马丁吼叫几声,母亲上前拦阻,对狗轻声说:"闭嘴,冲哥哥叫什么?"

屋子里摆了一张床和一个柜子,床旁边的电视上摆着一张照片,照片里是不到五岁的马丁和表姐,母亲看着那张照片,对马丁说:"你说时间快不快啊,一转眼,你都这么大了。"

马丁不知道该说些什么,想提姥姥的事,又太怕像在说教。母亲突然一拍脑门,问他:"你想不想看我现在跟什么人一起生活?走,我带你去网吧。"

网吧在村子里的一个二层小楼上,里面大多是未成年的孩子,剩下的那些都是不想长大的成年人。母亲在一台电脑上登录了QQ空间,打开私密的相册给马丁展示,照片是那种廉价影楼拍摄的婚纱照,整体色调偏蓝,男人一脸严肃,母亲因此也笑得很拘谨。

"你看照片觉得他怎么样?"母亲一脸期待地看着他,马丁说:"挺好的。""挺好的"是他前半生的口头禅,对于一切不知道如何评价的事物,他统一回答"挺好的"。

母亲又上网查了一些资料,马丁站在她身后摆弄手机。出门以后,马丁说:"我要回去了。"母亲说:"我送你回去。"马丁拒绝,母亲说,"哎呀,我老觉得你还像小时候一样,老害怕你一个人回不了家,算了,你长大了,我不送你了。"

在去车站的路上,母亲说:"过几天,你带我去看姥姥吧,等我把事情处理完就联系你。"马丁默默点头。

上了公交车,他看到母亲站在汽车后面,车开动以后,母亲还一直站在那个位置,直到汽车越开越远,直到那个红色的夹克变成了一颗鲜红色的痣。

08

几天以后,马丁收到了母亲的短信,上面只有简短的几个字:"帮我向大姨借点钱。"

马丁回了一句:"要做什么?"母亲没回,又过了一阵,回了一句:

"行不行?"马丁说:"不行,要借你自己借。"隔了半个小时左右,母亲回了一句:"真的不行吗?不行算了。"

他也没想到,那会是母亲发给他的最后一条短信。他发短信追问:"什么时候去看姥姥?"母亲再没回他。

后来马丁生了一场大病,病情最严重的那几天,手机响了,马丁说不上为什么,感觉那通电话一定是母亲打来的——就像很多年前那个骑摩托冲他招手的人一样,马丁选择不接。病好以后换了手机号,他知道,这一次他是真的决定不再相见了。

马丁有次从梦里哭醒,哭声大到梦里的自己好像都能听得到。那个梦里是父母还没分开那段日子,有天夜里马丁醒来,发现家里空无一人,房间的灯开着,父母却都不见了。他穿上衣服,走出家门敲开了房东奶奶那间屋子的门,马丁问她能不能送自己回奶奶家,他说离得不是很远,但房东明显不会应允。

这时小院的门突然开了,父母一起回来了,母亲抱着他笑着安慰:"你这个傻孩子,我们还能不要你了?"

马丁醒来以后觉得无比失落,起初他也没明白为什么,后来他想明白了,大概是因为经过这么多年,他始终没得到这句话。

石头

我刚工作的第一年,有天下班在班车上,我爸突然打电话给我,语气神神秘秘:"和你说个事,我听说,王玲阿姨跳楼了。"我在车上"啊?"了一声,由于分贝过高,前排的两个大妹子回头不满地瞪了我一眼。

挂了电话,我想发微信给石头,可又不知道能发什么。现代人能提供的关心,最多就是在你遭遇不幸后,微信传送一个穿着绿色卫衣,伸开双手想给你拥抱的黄色小人儿,然后呢?然后什么都没了。

我想不出该用什么话来安慰他,如果是我,这时候我听不进去任何安慰。仔细算了下,石头他们一家人,好像从我们这个院子搬走很久了。

打有记忆开始,我就生活在西安北郊的一个院子里,之所以不叫"小区",是因为它的配套设备不完善到根本不配被称作"小区"。院子一共六个单元楼，每栋楼最高只有五层。每层住三户人家，而你无法规定的，是一户人家可以住几个人。最致命的是，在这样的情况下，三户人家还要共用一间厕所。

我和这个社会的竞争关系，早在那个时候就开始了。因为这二十年来，我每天面临的难题，就是怎么赶在邻居前面抢到厕所，不然对方很可能在厕所里蹲上三十到四十分钟不等。

那个年代没有手机，没有微信，大家的关系反倒都很亲近。后来有一批住户率先赚到了换房子的钱，立刻马不停蹄地带着全家老小搬走了。

石头他们家就是第一批。

我从小和爷爷奶奶生活在一起，而石头却和他姥姥姥爷生活在一起。那个时候，我们对父母那一代的感情线，都有点理不清。小学一二年级那段日子，整个社会好像都迎来了一波离婚高潮，我爸妈和石头的爸妈，就被那波高潮打到了岸上，几年的感情就像一盘散沙，风一吹，让你成功得上沙眼。

到现在我脑海里还有一个画面，我和石头坐在院子的传达室里，假装已经看淡了人情世故一样，交换了对爸妈生活现状的看法。他说，他爸娶的那个阿姨人感觉挺好的，但是他确实和她亲不起来，我忘记我当时有没有评论什么，最后，两个加起来还没满十八岁的小孩，待在幽暗的房间里叹气，异口同声地说："我们以后要怎么办呀？"

石头的爸爸姓史，离婚以后，法院把他判给了妈妈，他妈妈姓王。所以我对那段日子的印象中，有一段挥之不去的记忆，就是他姥爷和爸爸，疯狂地争夺过孩子的姓名权。

有次我去他家玩，听到他姥姥嘴上念叨："养了个白眼狼啊，这名字改了半天，还是把自己的名字改成史博文了。"

等他上小学那年，因为爸爸托关系把他送进了一所市重点，他就搬离了院子，去和爸爸一起生活了。姥姥、姥爷之所以会同意，想必也是不愿意让他留在我们那个环境里吧。

忘了说，我们院子那一带，就是臭名昭著的"道北"。

这个名字我听了十几年，一直误以为是"盗窃"的"盗"，因为它象征的根本不是一个好的意义。大人们解释，人们把火车道以北的地方都称作"道北"，因为那里住的人天生不守规则，甚至是不守法律，打起架来六亲不认，除了好事，坑蒙拐骗什么都做。

我只说了院子里正面的六个单元楼，并没有提起它的背面。凡是被太阳照到的地方，就一定会有阴影。我们院子还有后院，那里鱼龙混杂，据长辈们说，住着小偷、妓女，甚至是一些吸毒的人。那时，别的小孩顶多被家长威胁："再不听话就让狼把你叼走。"我们院子里的家长都这样说:"再不听话,让'抽大烟的'把你拉走卖了。"整个童年,在我的想象里,后院就是一个喷着黏液,对我们张着血盆大口的怪物。

石头搬走了之后,他的姥姥和姥爷也在离我们家四五站远的地方买了房子,直到我开始变声的那几年,才再次见到他们。他们跟石头感叹:"过得太快了,你看你的伙伴,现在声音都变得一点也听不出来了。"

石头的妈妈就是王玲阿姨,石头长得跟她很像。在我的记忆里,她一直是一个脾气特别好、性格特别温柔的阿姨。所以当我听到我爸说,她选择用那种方式结束自己生命的时候,一时间,我是真的不敢相信。

石头上了市重点中学,好像并没有给他的人生带来太大的帮助。他的学习成绩并不好,后来只上完初中,就跟家人提出自己不是学习的料,所以不想上学了。我没想到的是,他爸爸竟然答应了。

他爸爸是名警察,对亲人尤其严格,听完他提的要求后,没有多说什么,只告诉他:"想在社会上生存,需要一门手艺,你可以不上学,但你学门手艺吧。"

石头思前想后,选择了一门当时就算打死我,我都想不通他为什么要去选择的手艺：美容美发。

那几年的美发行业跟现在还无法相提并论，不知道为什么人们有一个这样的刻板印象：走投无路的人，才会去帮别人剪头发。那些人不光自己是洗剪吹，那些人还造就了杀马特。石头爸爸确认了他的意向，没再多问，说："如果你想好了，那就学吧。"

于是那两年，石头在一家美容美发专科学校进修美发专业，两年学费大概五万元。从学校毕了业，他开始找工作。你要知道，每一个Kevin老师，都是从学徒小K做起的。

学徒小K唯一要做的工作，就是给人洗头。石头说，那时候洗头是他每天唯一的工作内容，工资按人头算，洗一颗头，能挣五毛钱。最忙的时候，大概是过年前，一天洗三十多颗头，洗到对人生感到绝望。他只差没发展成职业病，出门看到人，就忍不住把手往别人头上伸。

过了大半年，小K终于勉强升级为助理，可以帮助造型师给客人洗、染、烫，但还不能上手剪客人的头发。等到能帮客人剪头发，时间又过去了一年多。

入行两年后，在他二十一岁那年，石头决定离开美发行业，因为尴尬的现实就摆在眼前，去开店，没钱也没资源，要是继续给别人打工，恐怕到了三十岁，他最多也就是个Kevin老师。

思前想后，出于对企业文化的兴趣，他跑海底捞工作了一段时间。

石头在发育之前，身高大概只有一米五。青春期结束之后，从一米五长到了一米九。于是，那一年，在海底捞的某家店里，入职了一个身高一米九几的服务员，在新员工培训的当天，开着表姐的奔驰去听了课。

他说，去了那里之后，他发现海底捞和一般的餐饮店果真不太一样，每个员工干劲十足，有的甚至一家老小全在一家店里工作，爸爸在厨房帮工，妈妈在大堂揽客，女儿在水果房切水果，一家人其乐融融。

刚开始的几个月，每次碰到熟人，他都很紧张地向人解释："我来这儿是为了体验生活。一个月以后我就走了。"到后来，他不懂身边的人怎么那么爱吃火锅，几乎两三天就能碰到一个熟人，所以他不再跟人解释。有的女孩也许是心思细腻吧，在店里看到他，当下做出大方没事的样子，趁着没人的时候，偷偷问他："你是不是家里发生什么事了？为什么到这种地方工作啊？"

他不好多说什么，只好选择什么都不说。

两个月后，他从海底捞辞职，那个时候，我们都还不知道，他的妈妈已经患上抑郁症两年多了。

想必在我们还是两个小孩、躲在传达室感叹未来的那年，王玲阿姨的人生就已经发生了一些变化。很多事情我们都是在长大了之后才开始明白的。那时的长辈在劝别人不要离婚的时候，都会说："离婚了，对孩子伤害多大啊。"可是，离婚对两个当事人的伤害，有人在乎过吗？

王玲阿姨后来有过另一段婚姻，维持了几年，以失败告终，原因她从没对任何人提起过，包括父母和闺密。她从不习惯把内心的想法分享给任何人。很久以后，我听石头说，大概从2008年开始，王玲阿姨就有了自言自语的习惯。

自言自语不可怕，可怕的是时间一长，她默认自言自语是件稀松平常的事情。慢慢地，自言自语演变成和人说些对方完全无法理解的话，再到后来，就成了精神分裂。她把自己一个人关在房间里不出来，头痛欲裂到开始在地上打滚，用头撞墙，做很多伤害自己的事。

抑郁症这种病，得上的人痛苦，陪伴他们的人也一样很痛苦。

石头的姥姥终日在女儿身边寸步不离，在我的印象里，她一直是个微胖、头发乌黑的小老太太，那年我在院子里偶遇她，发现她真的成了满头白发的老人。

医生很保守地说，康复的概率的确不大，除了配合治疗，他们目前没有任何别的选择。

后来，石头回忆，每次母亲发病时带给他的痛苦，远远比不上当他看到姥姥照顾母亲时，姥姥脸上的那种绝望。

我们聊到这段日子的时候，他告诉我："其实我妈根本不是你印象里那个温柔的人。她生活里是特别强势的，常常和姥姥他们吵架。这些你都不知道吧？"

接到那通电话的时候，石头正在和朋友们吃饭，警察的语气几乎是没有情绪的："你是王玲的家属吗？现在来一趟派出所吧。"

他和舅舅一起去太平间认领母亲，画面像《海边的曼彻斯特》里的一段情节，他只看了一眼，就匆忙跑出去了。后来处理完母亲的后事，他说不清楚自己内心是怎么想的，过去了五六年以后，他跟我说，这种感觉得用"微妙"来形容。

他想，母亲解脱了，姥姥或许也解脱了。

2013年的时候，我家也搬走了。我家是最后从这个院子里搬走的几户之一。搬走那天，我另一个发小阿斌的奶奶站在我家门口，看着搬家工人把家具一件件搬上了货车。她看到我，步履蹒跚地走过来，说："你也要走啦？他们那么多人都搬走了，可你走了我真的舍不得。"

半年后我回去看她，她隔着防盗门警惕地问我："你是谁？我不认识你。"

这几年，我记得石头在朋友圈发过一次："妈，我想你了。"我想了很久,最后还是没发那个穿着绿色卫衣的小人儿给他。

　　石头说,不久前他回过院子一次,他觉得,那里好像是那个我们一起长大的地方,但是,仔细一看,又什么都不一样了。

小贺

01

前几年我们小学同学聚会，秦川指着小贺跟我们说："你们知道吗？她现在可是房姐。"

小贺之所以对这个称呼没有异议，是因为在"房姐"这个词还不是特指"拥有多套房产的女人"时，我们就知道，她家在学校附近的城中村，坐拥一整个小院。

小贺家所在的城中村管理分明，一个村被分成六个小组，每个小组有一个组长，小贺的爸爸就是他们组的组长。我问小贺，组长可以贪污受贿吗？小贺说，你不要乱说话，传出去我爸怎么做人啊？不过好像可以的。

事后，她又强调："可我爸的钱，都是他靠自己勤劳的双手一块一块赚回来的。"

十年后，他们家那座看起来十分破败的小院，在集体拆迁时成功换到了新小区的三套房子。

他们城中村的孩子，以前总是特别团结一致，就连出去打架也总这样和别人放狠话："你等着，我们村的人马上就到。"

很有气势吧？我们这些"村外"的孩子，就从来不敢招惹他们。学校里出了名的恶霸，基本都是从他们这样的村子里出来的小孩。小贺很少惹事，一来因为她是姑娘，二来我们之所以多年来一直保持联络，大致是因为她和我一样，都厌，觉得自己的生活已经很危险了，自保都来不及，哪有精力去伤害别人？

在拆迁以前，小贺家的院子一直对外出租，在那个鱼龙混杂的环境下，每个租住在她家小院里的房客，都可能有前科。

小贺跟我讲过，曾经有两个人让她留下了严重的童年阴影。第一个是住在巷口的中年男子，多年来，那个男人的家人号称他得了癫痫，每次发病，男子必定上蹿下跳，整条巷子的邻居都跟着遭殃。大家心照不宣，这个男人患上的"癫痫"，必定是吸食毒品导致的副作用。

第二个是小贺在某天放学回家的晚上，看到的一个头破血流、还被人追逐的中年妇女。母亲后来告诉小贺，那个女人当时精神病发作，打伤了自己的母亲，正企图逃跑。

说到这些，我们都有些见怪不怪的意味，因为他们村和我家只隔着一条马路。他们那儿的风气，在我看来，和我从小经历过的没有太大不同。夸张一点说，道北（火车道以北）长大的小孩，哪个没看过"刀头舔血"？

02

或许是因为租金便宜的缘故吧，即使在这样的环境下，小贺家的院子还是全都租出去了。十几年前，他们家每个月光靠收租，就能月入八千元。

但是，常常有人睡一觉醒来，发现门被人撬开过，家里最值钱的项链不见了。还有人一觉醒来，发现门被人撬开过，家里的煤气罐被人扛走了。

在那个年代，除了被盗，我们中小学生遭受的最大的威胁就是被抢劫自行车。不良少年会堵在学生们回家的必经之路，三五成群，杀你个措手不及。他们把你围在中间，先进行言语羞辱，接着动手动脚。最后，像猫捉老鼠玩够了一样，抢走你的代步工具并威胁你，报警的话，他们今后见你一次打一次。

有一天放学，我和班里的一个同学结伴回家，走到我家附近，一个很有名的恶霸突然出来拦住了我们，见我浑身上下一副穷酸样，恶霸看都不想看我，跟我说："你走，让他留下。"

同学一副大义凛然的样子，对我说："走吧。"我往前走了一段，看他和恶霸进了不远的巷子里，我才回头跟了上去。

我看到恶霸把他带到了巷子的深处，来不及多想，立刻飞奔回家向爷爷求助。

我快速跟我爷爷讲清了事情的来龙去脉，带他赶到那条巷子，冲他指明了同学被带走的地方，又怕自己被恶霸认出，最后我待在原地，等待爷爷对同学的成功救援。

五分钟以后，爷爷一个人从巷子里走了出来，对我说："你同学说他不认识我。"

我摸不着头脑，问他："你按照我们商量的，跟恶霸说你是他爷爷了吗？"爷爷说："说了呀。"

我们困惑地回了家，晚上，我用家里的座机打电话给同学，质问他是不是傻，他说："你才傻，那种人什么干不出来？万一你爷爷被他伤了，我怎么跟你交代？"

除了强取豪夺，那些恶霸最大的爱好，就是强娶良家妇女了。学校里但凡长得好看点的女生，全都被这些流氓骚扰过，一段时间里，学校不得不公开跟家长示意，下班后请都来接孩子回家。

或许，是因为在一个田径队训练、打扮的风格又跟恶霸们太过相似的缘故，小贺一次都没被恶霸骚扰过。

03

没谈过恋爱，一直是小贺身上一个巨大的"污点"。

我得知小贺小学时喜欢班里的一个优等生，已经是大学之后的事了。我们在同学聚会的酒桌上玩真心话大冒险，好事的人故意问她当年的事情，那一刻，我们这些吃瓜群众才借机明白了真相。曾经我单纯地以为，当年小贺下课动不动接近那个男孩，真的只是因为数学题不会做。

大部分的单恋，都会以悲剧收场，小贺也不免俗。那段恋情还没怎么样，就先迎来了恋爱的第一道大题：天涯相隔。

优等生的母亲嫌我们的学校太不入流，四年级就给儿子办理了转学，新学校离我们学校大概两个小时车程，在那个年代，就等同于搬去了外地。后来，他母亲干脆连家都一起搬走了。

就这样，小贺的初恋被扼杀在了摇篮里。

酒桌上，我们看热闹不嫌事大，频频起哄，问优等生："你不知道吗？这么多年了，小贺一直在为你守身如玉。"

优等生一脸尴尬，不接话，小贺跟我说："都他妈给老娘闭嘴，老娘现在有老公，周杰伦认不认识？"

我对优等生说："你看，都已经精神失常了。"

的确是在那场无疾而终的暗恋之后，二十多年，小贺的感情生活都没有翻篇。

而在那次聚会后，优等生居然主动约小贺出来吃饭，小贺欣然前往，她当天专程打扮一番，按照约好的地点准时赴约。优等生和平常一样，没有特地装扮，在街上，他指着路边的一家叫"乡村基"的快餐店，对小贺说："我们去吃这个吧？"

那顿饭花了一百多元，埋单的时候，优等生没有丝毫的掩饰，当着小贺的面抱怨："这么贵啊。"

接下来的两个星期，两人在微信上每天有一搭没一搭地聊几句，直到有天，优等生跟小贺表态说："我有喜欢的人了，但是觉得你也挺好的，不然我们试试？"

从那天开始，小贺再没回过优等生的微信。

后来有次小贺带着闺密一起参加聚会，试着让闺密帮着自己参谋，看是否有哪个同学可以发展，最后，闺密脱单了。

04

于是，在二十四岁这年，小贺被母亲强行扣上了"剩女"的帽子，开始了漫长而无止境的相亲之路。

她说她死也不会忘记，第一次被母亲连拐带骗，强行约去见面的相亲对象，是一个生于1985年的庄稼汉，小贺看了他一眼，在餐桌下偷偷给母亲发短信："妈，你找的这男的别是个强奸犯吧？"

隔了半天，母亲回了她五个字："瞅瞅你自己。"小贺连茶都没喝完，就找了个借口匆匆逃走。

一个星期之后，母亲又通过强大的关系网，给她介绍了另一名男子。这名男子三十岁，在技校当老师，每天乘坐公交车上下班，在饭桌上大方地跟小贺表示："我很开放，我认为女孩一定要有自己的事业，所以结婚后，你必须出去工作，不然我可养不起你。"

吃到一半，男子突然问小贺："我听人说，你家不缺钱，现在有二套房子？那你名下有几套啊？咱们如果今天能把事情定下来，最快啥时候能结婚？"

从那天起，但凡是母亲介绍的相亲对象，小贺一律当下回绝。

母亲后来找小贺谈心，说谈恋爱这件事，如果不先谈，哪来恋爱？一味地追求感觉、志趣相投，你这样的人，不住养老院，那还轮得到别人去吗?

粗略地算一下,后来被小贺拉进黑名单里的相亲对象,排起队来,少说也能绕城中村一圈了。

命运三不五时地会给你一些希望,好让你觉得人生好像并没有那么绝望。没有谈恋爱的日子里,小贺迷上了健身房,不到半年,她从一百三十斤减到了九十五斤。随后,她的恋爱好像也随之而来了。那个男人是健身房的会员,有次健身房登记电话,小贺主动记下了他的手机号码,加了微信,两个人有一搭没一搭地聊了起来。

聊了一个星期,小贺发现哪里不太对,然后她看了一眼男人的朋友圈封面,确定那个照片上两岁的小孩,是他本人的小孩没错了。

她跟男人发微信,说以后别再联络了,接着把他拉黑了。晚上她回到小区,男人堵在她家楼下,话还没说,直接上来要吻小贺的嘴。小贺用她发达的肱二头肌推开了男人,不耐烦地说:"你省省吧,赶快回家看儿子。"

男人理所当然地对小贺说:"我们有爱就可以了呀,我那些结婚的哥们儿哪个不是和我一样?"

如果当时小贺没克制她从八岁开始参加田径队造就出的发达的大腿肌,想必男人一定现在还躺在医院的加护病房里。但生活不是电视剧,小贺丢下一句:"脑子有毛病吧?"接着对着家里的窗户大叫:

"哥，快来，有流氓！"

男人落荒而逃，顺便带走了老天给小贺的对于恋爱刚刚抱有的一点点希望。

05

小贺喝醉过好几次，有次我在看徐佳莹的演唱会，结束之际，小贺哭着打电话给我，在电话那头她大哭着质问我："你说我凭什么就找不到男人？我真的那么差劲吗？我难道就注定要跟那些秃头的城中村富二代在一起吗？"我说："是啊。"

她的另一个闺密阿雅把电话抢过去，跟我解释说："她喝醉了，有我陪着，你别理她啦。"回家路上我突然在想，小贺这样的女孩，真的就不配得到她想要的爱情吗？说起来虽然很残忍，那个时候我觉得答案的确是这样的。

像小贺这样的姑娘，家庭条件充其量只能说是一般，外貌条件用少奶奶的标准衡量，顶多说她不恶心。最重要的一点，我们的生活圈就像美剧里的贫民窟一样，里面的人想出去，外面的人从来不想进来。

小贺像很多年轻人一样，关注潮流的动态，听最新的音乐，哪怕无法跟老外沟通，但在 KTV 英文歌总可以唱几首的。

那几年我们一起看到的，是她周围那些适婚女孩，全都嫁给了父母欣赏的结婚对象。

有人结婚的第一个星期就和老公分居了，独自一人去东南亚旅行半个月，回来后选择了离婚。有人因为怀孕得过且过，就像小贺遇到的健身男所讲的一样："我那些结婚的哥们儿哪个不是和我一样？"

小贺想得到的爱情不是这样的，可是她想得到的，对她自己来说，或许也真的是强人所难。

我们都在试着走出那个从小到大成长的圈子，当我们走了出来，才发现我们自己已变成了那个圈子本身。

06

阿雅恋爱了，小贺跟我说，她已经心如死灰，就像那个从"快手"流传出来的视频一样，那个女生上一秒大喊："你可以没有车，没有钱，但是不能没有爱！"下一秒披头散发，对着手机哭喊，"啥他妈爱情不爱情的，爱你妈了×呀！"

小贺隔三岔五和我聊天，避免不了讲一些阿雅的八卦，阿雅常因为肥胖的原因跟男友吵架，最夸张的一次在街头差点动起手来。小贺说，真的，看到这些，我反倒宁愿自己没谈恋爱。

一个月后，小贺打电话给我，说阿雅真是她的好姐妹，给她介绍了一个男孩，在机场工作，比她小一岁，但她第一次觉得，自己这回真的找对人了。

他们在一起的六十多天，我看小贺在朋友圈分享了杨乃文的歌，我回复她："分手啦？"如果是平时，她一定来撕我，问我："能不能盼老娘点好？"那天她回复了我一个"微笑"表情。

她说男孩告诉她，跟她在一起看不清未来是什么，将来工作也不会定居在小贺所在的城市，小贺忘不了，男孩一边点烟一边眉头紧锁的样子，跟她义正词严地说："觉得生活好难啊。"小贺二话没说，跟他说："分吧。"

你知道什么是生活好难吗？

是你明知道自己想要什么，却更明白你不配得到。

是你已经要安慰自己，我总有一天会得到我想要的，现实却一直在打你的脸，告诉你，醒醒吧。

那天最后，男孩没忘了邀约她："不然我们打一次分手炮？"小贺感觉这一幕就像情景再现，她想把面前的茶拿起来泼在他脸上，但是想了想，让他人体面，就是让自己体面。

第二天男孩离开了，那天刚好没有雾霾，小贺看着天上那一道飞机云，给我发微信，问我："你上次朋友圈那个带发修行的链接在哪儿？我怎么找不到了？"

我回复她，你快收手吧，人家只要硕士以上学历，你，还是好好搬砖吧。

小贺跟我一样，今年都是二十六岁，哦不对，她好像比我大一岁。她说她已经不期待谈恋爱了，有就有，遇不上的话，那人生还有很多事情值得她去做。

她发了一条朋友圈，说大致在十三岁那年，她见到她家附近有一个男的脱光了自己的衣服，全裸站在村口把衣服烧了，她当时不敢仔细看他，一直缠着母亲问："妈，你抬头看一眼那个叔叔到底在干什么。"

母亲挑着地摊上的菜，头也没抬地说："脑子进水了，谈什么恋爱，好好好，你别耽误我买菜。"

小吴

你们的朋友圈有没有这样的人：买口红要秀小票，买手机要秀包装盒、耳机线，热衷晒包，吃一顿饭能拍八百张照片，每天吃什么我们比本人还要清楚，看场两个小时的演唱会，恨不得每首歌都要录一个小视频。

我有个初中同学叫小吴，她就是这样的人。

她长得说不上丑，可你让我说她好看吧，咬咬牙，跺十几次脚，再把自己灌醉，还是可以的。

小吴十四岁开始少女怀春，别人都是专挑软柿子捏，可她是不摸虎臀不死心。当时学校有个女扛把子，令全年级闻风丧胆，因为她有个混社会的姐姐，一头金黄色的长发搭配荧光色的眼影，疯起来，连扛把子都打。

扛把子追到一个班里的小白脸，可是小吴也喜欢上了他。小吴跟谁也没商量，铤而走险开始接近扛把子，试图成为她的闺密。

一个多月以后，她经过不懈努力，成功当上了扛把子身边的洗脚婢。

只要能够靠近他，我就有希望，小吴心里这样认为。功夫不负有心人，一个周末，小白脸的父母出差了，扛把子约她一起去小白脸家玩，一路上，小吴觉得自己就要嫁出去了。

他们决定自己在家做饭，扛把子情侣二人去几站地以外的超市买菜，临走前，扛把子跟小吴说，你在家看门，我们买了菜就回来。小白脸把钥匙留给了小吴，对她笑了一下。

那一刻，小吴觉得自己成了这个家的女主人。

他们出门后，过了一会儿，小吴偷偷摸摸地下了楼，在附近找到一家五金店，自作主张配了一把小白脸家的钥匙。

晚上她回到家，躺在床上翻来覆去，然后做了她人生中第一件疯狂的事：半夜溜出家门骑自行车到小白脸家楼下，徘徊再三上了楼，摸黑用钥匙打开了他家的门。

客厅漆黑一片，她摸索着找到了卧室的门，缩手缩脚地推开门，小白脸就躺在她面前打着呼噜，她在黑暗里盯着他看了一会儿，慢慢朝他走过去。

突然台灯亮了，扛把子起夜迎面撞在床边的小吴身上，喉咙因为长期抽烟卡痰发出了沙哑的尖叫声。

从第二天开始，扛把子的黄毛、金眼影表姐在学校门口堵了小吴一个星期。

从那以后，小吴好像再也没喜欢过别人。

没了爱情，小吴只好潜心学习，在她的不懈努力下，中考落榜了。

后来我们就失去了联络，直到前几年同学聚会。

小吴到场之前，那些女生一起评选朋友圈最想杀死的两类人，一是微商，二是小吴。因为她每天要发二十条以上的朋友圈，有的甚至是同样的内容，发了删，删了再发。她买一条项链，从拆快递盒开始到戴着项链自拍，一共可以拍二十个小视频。如果微信小视频有举报功能，她现在可能已经去服刑了。

小吴穿着考究地前来赴约，高傲地从 Chanel 包里拿出刚开始流行的白色 iPhone4，艳压群芳。

"谁送的啊？"她旁边的女生假装羡慕地问。

小吴故作羞涩地笑了一下："我女朋友。"

大家不知道该怎么接话，气氛凝固了。小吴乘胜追击："她对我可好了，从来都不让我用那些便宜货。"

桌上几个女生你一言我一语，几个回合之后，套出了小吴完整的爱情故事：她现在的女朋友，叫大宝，是城墙根底下 Les 酒吧出了名的铁 T。

饭局结束，大家开始寒暄着互留联系方式。小吴让大家围成一个圈，她站在中间，试图把每个人的电话都存下来，她嘱咐大伙如果去城墙那边喝酒，报她名字可以打 9.5 折。

电话存到一半，小吴手机突然死机，另一个男同学试图帮她检查，小吴一把抢过去，她情绪太过激动，一时没控制好力度，手机狠狠摔在地上，电池和机身分了家，一圈的人都看到了它自带的两个 SIM 卡槽。

大家尴尬得说不出话，小吴踏着脚上的百丽高跟鞋强做镇定地走过去，捡起手机，对着空气喊话："烦死了，修个手机又要好几千，算了还是等 iPhone5 吧。"

她说谎的样子，好像只要努力演，我们就看不出来一样。

第二年聚会，小吴换了一部真的 iPhone5，换完手机当天的朋友圈文案是："谢谢我最爱的大宝，这里面将会存满我俩的记忆，爱你。"

整个聚会，她手机不离手，像要把摔掉的电池完整安装回去。女同学们逢场作戏，把她从头到脚的行头盘问一遍之后，先是对她的品位赞不绝口，扭过头在微信群里编辑一段话："假货的 × 装成这么真，也是难为她了。"

那天最后小吴喝得烂醉，见人就抱着亲，听她的闺密说，由于家里人逼迫，大宝和别人结婚了。大宝结婚那天，小吴发了一条朋友圈："想为你变得更好，但现在好像失去了改变的理由。"

小吴陷在失恋的伤痛里郁郁寡欢，第三次聚会，小吴比上一年胖了四十斤，同样引人注目的，还有她发了三十次以上的 iPhone 6 plus，文案是："喜欢的东西，我自己一样也能得到。"

餐桌上的那些女孩刚开始讨论逛街购物，她立刻展开攻击："就你瘦，就你美，你还不是跟我一样没男人？"

她不是开玩笑，她真的在生气。

没有人敢在她面前秀恩爱，怕被她当场乱刀砍死。

小吴不知道我们有两个小学同学聚会群，有一个没有她，专门用来说她的坏话。过了一段时间，同样通过她的朋友圈，我们知道她勾搭上了一个程序员。她有一个闺密，定期在群里告诉我们她的近况。

听说那个程序员叫小凯，会挣钱不会花钱，而且情商极低。小吴每次想从他那里找点存在感，娇嗔地问："你说我胖吗？"他认真思考几秒，说："宝宝，为了健康，你得减肥，人家说胖子生孩子只能剖腹。"

在一起三个月后，小凯被上海总公司调去出差，为期半年。

开始的两个月，小吴感觉自己养了一只电子宠物，每天睁眼的第一件事是拿手机说早安，睡前拿手机说晚安，就差连性生活都要通过电子屏幕过。

异地恋最大的问题，在于身心极度空虚。别人刷爆卡买包，她刷爆了自己所有的卡去买各种零食。信用卡逐渐和她的身材一样，濒临爆炸。

她渐渐发现一个规律，别的女孩只要在朋友圈夸了哪个化妆品，三天到一个星期，她们就会收到男友的礼物。

从那天开始，她的朋友圈就变成了许愿池。

可她连着发了三个星期，小凯无动于衷。最后她直接把淘宝链接发给小凯，点名告诉他："我觉得这个包很好看。"过了十几分钟，小凯回复她："哦。"

第三个月，她发朋友圈的数量开始递减。第四个月，她每天在朋友圈作诗，一、三、五化身郭敬明，二、四、六化身李清照。第五个月，她突然发了一条朋友圈："没有物质的爱情就像一盘散沙。"

我们都在期待小吴可以钓上新的金龟婿。隔了几周，小吴发了和男友的两人合影，文案是："原来你一直都在。"比他们照片更醒目的，是她怀里紧紧抱着的华伦天奴，以及那个男人钱包被榨干后，那张极度性冷淡的脸。

不久后，小吴终于加入了秀包的行列，同一个包，她可以发十个不同的小视频。那个包走过的桥，比我走过的路还多。

我终于受不了她，点开她头像的右上角，选择了不看她的朋友圈。

有天晚上，微信群炸了，小吴的闺密发了条信息在群里："我傻×了，刚准备给你们看小吴跟她男友大掐架的信息，手滑发给她了。"

她解释了事情经过，小吴瞒着小凯去大宝的酒吧喝酒，她发了朋友圈，文案是："时过境迁，你依旧在我心里强过所有的男生。"但她忘记屏蔽小凯了，小凯作为一个直男，让她解释她跟这个铁T是什么关系。两个人正在吵架，小凯的手机响了，备注是最爱的女人，小吴逼着小凯当面接通电话，小凯照做了。

电话那头传来一个中年妇女的声音："明天记得去相亲，你那肥得像猪一样的女朋友，就趁早把她甩了吧。"小吴哭着打电话告诉闺密，那个闺密想把截图发给我们，但智商有限，她把图片直接发给了小吴，第二天小吴发现，就把她拉黑了。

小吴再也没来过我们的聚会，听说她后来努力减肥取得了成功，还花了好几万块上了"淑媛培训班"，我从"不看他朋友圈的人"里找出她，试图偷窥她的现状，才发现，这次换我看不了她的朋友圈了。

这几年我们辗转听说，小吴结婚了，嫁给了一个大她二十多岁的男人，那几个有幸还没被她屏蔽的朋友，说她已经不秀包和珠宝了。

　　因为她早就开始秀娃了。

小周

01

小周是我来北京工作后,最开始认识的为数不多的几个人之一。

第一天上班,午休时公司组织全体员工聚餐。绝大部分员工是女生,本着女士优先的原则,她们坐满了包间,我和几个毫不相识的男同事被安排坐在包间外面的散桌上。

我人生中有好几种常被别人误认为难相处的情况。大学的时候,由于重度散光且迟迟不肯佩戴眼镜,我被很多同学评价"长得不怎么样,骨子里却很自信嘛"。他们完全不明真相,好像也没什么兴趣了解真相,我无数次在学校里和他们擦肩而过,之所以不打招呼,只是因为我真的看不见。

在被评价过无数次清高之后，我开始向散光低头，配了一副眼镜，见到同学也开始主动问好，偶然听见同学讨论："他以前那么狂，为什么现在主动跟我们打招呼了？有事求我们吗？"

为了不让新同事留下类似的印象，我只能硬着头皮逼自己多和同事交流。在我和周围的同事轮番做完自我介绍，即将陷入僵局之际，小周姗姗来迟，我对他的第一印象不怎么好。那天他身穿一件皮衣，手上戴着一枚金戒指，笑声洪亮得能引起整家餐馆的人围观，有几秒我甚至觉得，小周这样的人，不去喝茶看报纸，才是真正的屈才。

02

那时我完全没想过，这个在我眼里有点土、有点世故的年轻人，会成为我人生中很重要的朋友。

在新公司遇到的第一个挑战，就是我自己为自己设下的陷阱。面试的时候，面试官问我有没有做节目的经验，我想都没想，立马给出肯定答复，生怕对方对我不够满意。入职没几天，我就被安排独立做一期五到八分钟的自制节目。所谓独立，就是从节目前期策划，到拍摄执行、和艺人对接及最重要的后期，几乎都要一个人完成。

然而，我根本不会后期。

在上一家公司，我早就习惯了大家各司其职。写稿的人只负责写稿，剪辑的人只做剪辑。面试的时候，我谎称我的剪辑技术一流，却没想过报应来得如此之快。看着迫在眉睫的工作任务，我脑子里全是自己背起行囊，离开北京的画面。

眼看走投无路，我只好抓住一切可能性。小周正好从我眼前经过，我问他："能教教我吗？"他诧异了两秒，说："可以啊。"于是我抱着电脑跟他一起进入机房，那个下午，我化身为"十万个为什么"，请教他所有关于剪辑的问题。小周知无不言，一天之内，我大概能够粗略地上手了。

为了感谢他，我给他买了一瓶红牛。

那时大家都很穷，实习工资一个月不过三千块。在北京，一个月挣三千块，交完房租，留下吃饭的钱后，对当时的我们来说，买红牛已经相当于进了一次SKP（新光天地）。

那期节目上线之后，或许有狗屎运的成分在吧，它成为公司当月点击量前三的一期节目。我要请小周吃饭，生怕他爽快应约，他婉拒，说"等我出了后期吧，总能找到机会"。我这才松了一口气。

不是电视行业的人可能不太知道，说出这样的话，基本上等于"他真的不会跟你吃饭"了。

03

后来熟悉起来,我才发现小周有几个怪癖。比如,不能吃冷饮,只能喝开水,以及不能下水游泳。

入职一年后,公司组织大家去泰国团建,第一天到达海边,同事们都兴奋地穿上泳装,冲着大海的方向奔跑过去。只有小周一个人平静地换上泳裤,祥和地坐在离大海数十米的距离外,像一个百岁老人。

问起来,我们才得知,小周还在上幼儿园的时候,有天早晨起床,感觉肚脐处从左到右的方向,像被人穿了一根针似的,疼得无法呼吸。他呼唤母亲过来,起初母亲以为,他只是为了躲避上学,便放任他在家躺了一天。一天后,小周为了庆祝自己大病初愈,从冰箱拿出一根雪糕畅快地吃起来,刚吃完,疼痛感再次袭来。他这才意识到,上一次发病,似乎也是因为吃了冷饮。

母亲带他到医院检查。抽了血,化了验,做遍了各项检查,结果显示一切正常。可小周仍旧常常发病,母亲有些困惑,如果只是为了逃学,那这孩子的演技未免太过精湛了。于是带他到家族几代人都拜访过的中医那里,老人只给他号了脉,就断定他"寒气太重,以后不能再吃生冷之物"。

小周不信邪，回家怒干一杯冰水，很快，他又被送到了医院。

从此，小周基本上告别了这个世界上所有的冷饮。迄今为止，他已经二十年没有吃过雪糕，从小到大，几乎所有爱捣蛋的男同学都问过他这样的问题："你大姨妈又要来了？"

我们都劝他，现在的医疗技术已经超越当年几十倍都不止，去医院看看，总会找到治疗方法。小周义正词严地说："不用，这样挺好的，喝了二十几年，我早就习惯了。"

不止这一件事，小周对某些事情的坚持，确实达到了惊人的程度。

04

小周是吉林人，第一次到北京，是他十七岁艺考那年。

小周从小的梦想是成为歌手，在初中以前，阻碍他实现梦想的最大的问题就是他唱歌跑调。不光是老师和家人，他所有的朋友都告诫他："别唱了，你跑调真的很严重。"

直到初中，遇到了一位音乐老师，那个老师告诉他："你记住，你是我见过的在这个地方，最有可能在唱歌领域有一番造诣的人，答应我，无论如何都要坚持下去。"

那年世界上发生了哪些新闻，小周早就不记得了，他唯一能记住的，就是有人把他已经濒死的梦想再度唤醒了。

回家后，小周跟母亲表示，无论今后你们怎么说，我都要成为一个歌手。母亲放下了手头的活儿，认真地看着他，跟他说："无论今后你怎么说，我告诉你，你真的成不了。"

母亲花了一个小时跟他摆事实讲道理："你看，你的歌声，这几年最大的进步充其量就是不跑调了，但是作为一个歌手，仅仅是不跑调，你觉得够吗？其次，你的外形，虽然你是我生出来的，但我诚恳地告诉你，你长得真的不好看。"

小周没想到母亲连这样的话都能说得出口。我和小周一样，时隔多年后我们都明白了，父母之所以说出这样的话，只是因为你要去的那个地方，他们真的一无所知。

"你充其量吧，也就能当个主持人。"母亲怕他沮丧，最终还是补了一句。

尽管母亲在后来的劝说过程中还说了很多别的话，小周却只记住了这一句。

那年他初中还没毕业，听别人说，想做主持人，就要上全国最专业的大学，他几经周折，听说传媒大学就是那所最专业的学校。

于是，他暗下决心，不管今后能不能唱歌，这所大学，他一定要上。

05

艺考以前，高中大大小小的晚会，小周全部主持过。即便这样，去艺考之前，他心里还是没谱。

除了对外面的世界有种未知恐惧外，小地方的人还有一个特色，大家都认为"关系"才是唯一生产力。

那时，所有听说他要去考传媒大学的人，无一例外地对他说："你家没关系，你敢去考那种学校？我说句话你别不爱听，人可以有梦想，但是梦想还是得实际一点。"

小周还没顾得上回嘴，对方继续自顾自地说："不过啊，见见世面也挺好的，让你明白外面的世界没你想的那么容易。考不上千万别灰心，咱们这儿的大学也挺好的，做不了电视台主持人，你给亲戚朋友主持主持婚礼啥的，也不赖。哈哈哈哈哈。"

听了无数次这样的忠告之后，小周跟着父亲搭上了开往北京的火车。

他们在北京南站下车，搭地铁到东直门，走出地铁站那一刻，看到眼前的银座，小周说，他被眼前的北京震住了，十几年来，他从来没觉得自己那么土过。

一直以来，要说从没因为别人的话受过影响，多少也有点不真实。

来北京前，艺考老师苦口婆心地跟小周的整个班强调："如果你们担心小地方不公正，我给你们唯一的建议，就是去北京考试。"回到家，小周就把这句话转告给父母，于是，他就真的报名了北京的考点。

考试那天，小周碰到了班里的一个女生，她身边同样跟着父亲，一副有备而来的架势，把小周已经听过无数次的话又说了一遍："没找人啊？那你还来？算了算了，不打击你了，就当高考前出来散心吧。"

报名时小周同时选了播音和编导，母亲问他："如果你两个都能考上，你选哪个？"小周犹豫了一会儿，回答母亲："编导吧，学了这个将来一样能干播音。"

小周没通过播音的复试，却一路过关斩将，杀到了编导的终试。

几个月后的某天早晨，小周当着全校师生的面从教室窗户里翻了出来，没注意到窗外的土地恰好是一个下坡，他当着一千多人的面摔了个狗吃屎。为了装酷，他强行在地上打了个滚，接着站起来，强装没事回到了班级的队伍里。最终还没忘记把手里的班卡递给了求他帮忙取卡的女生。

回到教室，他才发现，他的脚踝已经肿得像一根萝卜。那天在去医院的路上，小周收到了传媒大学的考试合格证。

06

我们公司很多员工和小周一样,都是传媒大学的毕业生。我也是加入了这个团队之后,才偶然听他们讲,曾经的传媒大学,有一套严格的"训新"制度。每个到学校来的新生,一定要先通过师兄、师姐的考验,没有通不过这回事,因为这直接影响到你未来的四年,是否会过得一帆风顺。

小周说这件事情终究还是因人而异,不过学校里的"训新"再怎么严格,也比不上他第一次到社会上实习。

大二那年,师姐给小周介绍了一次实习,让他去电视台当观众导演。观众导演,就是在录制节目的过程中,负责带动观众情绪、控制观众不私自离开现场的一种岗位,他们常开玩笑说的电视民工,不过就是这样了。

那是小周第一次参加正式的大型节目录制,他还不知道,人是整个工作环节中最难掌控的因素。

小周费尽九牛二虎之力,试图调动观众情绪,无论他怎么努力,有些观众始终就是一副冷漠的表情。现场负责的总导演是一个三十多岁的男子,每当观众没有反应,他就开始用脏话骂小周,起初只是单纯的人身攻击,逐渐,小周的家人也没能幸免。

中场休息，嘉宾摔了一跤，观众趁乱散开，冲出录影棚到附近的卫生间上厕所。总导演处理完事故回到现场准备开录，看到现场没人，当即发飙，问小周："你他妈的没有脑子是吗？不知道录制中间没人可以出去吗？"接着，他当着全体工作人员的面，指着小周的鼻子，骂他"你是傻×吧？"骂完以后，他限小周一分钟之内，把厕所里所有的观众全部拉回现场。

小周冲进厕所，恳求每一个观众回到现场。观众完全不能理解，眼前这个瘦小的年轻人，为什么连尿个尿的时间都不肯宽容。等观众全部落座，总导演把小周拉到一边，先是沉默，过了会儿，气不打一处来，掏出口袋里的签字笔，摔在了小周身上。

那时小周才体会到，绝望，大概就是这种感觉。那些曾经告诉他"外面的世界跟你想的不一样"的人，从没打倒过他，打倒他的，倒像是这支签字笔。

有人拉了他一把，小周这才注意到，是那位一直站在他身后的摄像大哥。大哥走到他前面，把签字笔捡了起来，以迅雷不及掩耳之势扔到了总导演身上。

"傻×。"骂完之后，大哥回到了自己的岗位。

07

我进公司的时候，小周只是个普通导演，有次录完像聚餐，小周说："不知道我什么时候才能当上总导演。"

一年之后，他当上了总导演。

那段时间公司在做一档真人秀，他们每天开会，仿佛要开到地老天荒，开完会紧接着就去录像，上山下海，最夸张的时候，连着二十几天都没休息。最绝望的时候，我们都安慰他说，忍完这一段就辞职。他突然间从绝望中恢复理智，质问我们："都忍完了，我辞什么职？脑子有病啊。"

他回想起当年刚入职，每个同事的工作都有机会接触艺人。那时他还是个打杂的，终于有次熬到其他人都被分去负责其他工作，小周主动向领导提出，要去带齐豫工作，他第一次觉得，终于可以靠着这次机会大展身手。

结果，还没开机，小周就自顾自地问起问题，摄像师生气地打电话给小周的领导，怒骂一通，毫不避讳地当着他的面说："你们这新来的到底是怎么回事？出了问题我可不负责。"

最后在小周的挽救之下，片子还是正常播出了。

小周说，这么多年，庆幸他始终坚持着自己认为该坚持的事情。

说到这儿,他突然问我:"你剪辑现在学会了吗?"

我尴尬地没有回答,这时候他多年前当主持人怕冷场的毛病又犯了:"算了,好歹我们现在都在努力着成为自己想成为的人嘛。"

张玮

01

我认识张玮的时候,还不知道他叫张玮。

他在一个网站的自媒体节目上模仿《甄嬛传》里的妃子,一个人分饰十几个角色,歇斯底里地拉着助理演他的宫女,两个人披头散发,隔着屏幕都透出一股喜感。那个节目是他的个人脱口秀节目,说是脱口秀,跟《金星秀》那种体量完全无法相提并论。他一个人又得主持,又得播报新闻,必要的时候,还要反串成"二姑妈"的形象,在节目里上蹿下跳。

虽然那个节目的点击率低得可怜,但又不得不说,只要看到张玮那张脸,你就很想看他继续发疯下去。

张玮在那个节目上大方介绍自己："大家好，我是张玮，张是大张伟的张，玮是王字旁的玮。"想必你也跟我一样，听完之后都觉得不会火吧？

有一天那个节目突然停播了，这个人似乎突然间消失得无影无踪。我去搜他的微博，发现他的每条微博，都和他在节目里的状态一样神经质，但微博早就在一年多以前就停更了。

后来我到北京工作的第一年，抱着试试的心态，给他发了私信邀请他来参加节目面试。私信发过去没几个小时，我看到他向我发起了微信的好友申请。

02

见到我的第一眼，张玮说："你知不知道，你长得跟我整容以前一模一样。"我看着他的脸反复确认是不是我听错了，问他："你整过容？"张玮不以为然："对啊，我没割双眼皮的时候，真的跟你现在长得一模一样。"

他跟我走进中关村的大楼，在选手辩论的时候站起来阻止对方："哎呀你们别吵了，我是过来人，我有很多关于这个问题的看法。"结束以后导演组投票，一致认为他虽然有趣，但逻辑方面还是稍差一些，那次他没能晋级。

一年以后，公司要做一个减肥节目。那段时间我见了至少几十个两三百斤的胖子，虽然我也当了二十多年的胖子，不得不说，通过那次面试，我也搞清楚了有的人为什么会讨厌胖子。

第一个姑娘是名喜剧演员，她说自己很小的时候跟爷爷奶奶住在一起，家里开小卖部，因此从来没在吃上面受过亏待，小学三年级，她就已经一百一十斤了。长大以后，因为喜欢表演，刚好碰到了一部需要她这样体形的演员的戏，于是就顺势出道，踏上了演艺之路。

聊着聊着，她讲起了自己不久前的一段感情，她和一个男生在朋友的饭局上认识，男生原本是朋友的男友。像狗血电视剧的剧情一样，这个男生用脚在桌子下面钩她的脚，同时在桌上不停给她夹菜，于是，她就瞬间失去理智，觉得自己二十多年来，第一次坠入了爱河。

后来那个男的爽快地甩掉了她的朋友，跟她同居了。天上从来没有掉馅饼的事，更没有从天而降的感情。这个男的吃她的、住她的，自称是模特，却从来没赚回过一分钱。可是姑娘早就被迷惑了心智，在她看来，在爱情面前，哪有那么多条条框框，女主外男主内，也能说是当代恋爱的新标准。

慢慢地，这个男的开始找借口不回家了。慢慢地，这个男的为数不多回几次家的时候还要偷她的钱。

然后这个男的居然跟姑娘的朋友复合了，对姑娘说："你们两个我都很爱，我无法做出选择。"

听到这里，我脏话都已经憋在嘴边，结果电话那头，姑娘满心执念地说："虽然最终我痛定思痛，还是决定跟他分手，但我相信他一定会回来找我。"

第二个姑娘为了减肥尝过各种苦头。例如吃蛔虫、使用烈性的泰国减肥药。吃泰国减肥药的那次，她由于听很多人都说这种药十分有效，忍不住专程飞去泰国找到了这种药。当晚，她在酒店里迫不及待地服了下去，十几分钟后，她的心跳快得就像被人安上了加速器，接着就失去了意识。

等她醒来以后，庆幸朋友赶回酒店及时，把她送到了医院。翻译告诉他们，医生说这种药已经被禁止出售了，以前有好多人都因为吃它差点死掉。在泰国休养了半个月，她才缓过劲来，结果回国没几天，她又听从朋友的建议，买了另一种国产的减肥药。

我和同事讨论，为什么这些胖子的行为会这么极端？

他说："暴饮暴食本来就是一件极端的事啊，你想，能把自己吃到三百斤的人，心里哪有什么适可而止的概念？在他们的世界里，不是饿死，就是撑死。"

最后我想起了张玮，让他和导演进行了视频面试，面试结束，导演说："这个人很好，基本上可以定下来了。"因为他和那些胖子都不一样，虽然他胖，可他胖得很健康。

结果张玮却拒绝了我，他说自己终于进了梦寐以求的电视台，外面的节目，他就暂时忍痛不来了。

03

一年以后，我再次在北京见到他，才知道他已经辞掉了电视台的工作。

张玮去了电视台以后，台里给他机会主持了一档大综艺，录制了几期，领导和现场观众的反馈都不错，结果，那几年由于《爸爸去哪儿》刮起的真人秀旋风，一切都改变了。

领导停掉了这档节目，并且把张玮发配去了一个新闻类节目，让他在里面当记者。

张玮的内心是绝望的。在那个节目里，他主要的工作除了采访大爷、大妈，不时还要参与一些猎奇的小实验。比如有次要用某种化学物品烤鸵鸟蛋，实验的意义在于，看它要过多久可以达到孵化鸵鸟的作用，等了七个小时，实验的结果却是鸵鸟蛋熟了。

除了本职工作上的心力交瘁，对于电视台里的钩心斗角，张玮也感受到了前所未有的艰难。

电视台严格按照等级制度论资排辈了所有的主持人。台里当红的就那么几个人，被全国的观众捧在手心，宛如掌上明珠。剩下的都是陪衬的柴火妞，比如张玮，比如他的好朋友阿茹。

阿茹和张玮都是从一个普通大学的播音主持专业毕业的，让家里帮忙打点着进了电视台，为了能从前辈的光辉里抢到一丝丝关注，阿茹摇身一变，成了皇家艺术学院的优秀毕业生。和张玮一样生不逢时，阿茹一进电视台就被分到了一个真人秀节目里。来宾在游戏过程中只要遭遇失败，阿茹就要扮成女超人，穿着紧身衣揪住来宾的衣服，迅速把他拖到摄像机的后面。

不知道该说阿茹性子太直，还是脑子太直。有次来了一个嘉宾，是圈内知名的一线大咖。游戏失败的哨声刚响，阿茹一溜烟冲到镜头前，揪住大咖的领子就往外拖，完全不顾大咖还在对着摄像机发表失败感言。

那次结束之后，阿茹就被别的女超人顶了下去。她自己还一头雾水，觉得录制过程她完全没出一点差错。

张玮费尽千辛万苦，总算又找导演朋友把阿茹换到了一个演讲比赛的节目里，他跟阿茹千叮咛万嘱咐，让阿茹这次就安心地当背景墙："那个节目已经有好几个女主持人，个个争奇斗艳，为了抢镜无所不用其极，你千万别盲目跟着往前冲，到时候要是再出事，我可保不了你。"

阿茹点头如捣蒜，结果还是去了不到一个星期就出了事。

那个节目的当家女花旦，在业界出了名地爱发嗲，阿茹就看不惯发嗲的女人，虽然她自己也是。

节目里有期请来一位年过六旬的著名画家，当天是画家的生日，为了给他一个惊喜，节目组专程安排了画家的妻女在后台，等特殊环节一到，全场灯光一暗，妻女一起推着蛋糕唱着《生日歌》，和在场的观众一起祝福画家生日快乐，这场面想想都让人潸然泪下。

蛋糕推出来的时候，阿茹站在画家妻女的旁边，协助她们推着蛋糕车。这时女主持人率先发起嗲来，对着画家说："天啊，老师，你老婆和女儿看起来像姐妹哦，好羡慕你哦。"阿茹没忍住，即使她明明就没有话筒，还硬凑到主持人的话筒旁边说了一句："姐，我觉得你的年纪看起来蛮像她妈妈的。"

说完，场面一度陷入尴尬。男主持人迅速回应了她一句："你现在是在讽刺我们的女主持人吗？"女主持人也立刻用开玩笑的语气对着阿茹说："你好过分哦，怎么可以这样伤害姐姐。"阿茹当下的脑子不知道是不是坏了，抓起一块蛋糕，扔在了女主持人脸上，说："姐姐，对不起哦。"

那一刻，她实现了这么多年以来在舞台上为所欲为的综艺梦想，遗憾的是，这个梦想也代表着她主持生涯的结束。

张玮被导演朋友彻底拉黑了，他去质问阿茹为什么这么做，阿茹说："我看过你以前的节目啊，你在节目里就这样，大家反应都很好啊，我就奇了怪了，怎么我做就没有这种效果。"

后来那段时间，张玮开始不爱说话了，甚至有点抑郁的倾向。他想着自己到了电视台以后的生活，跟他计划中的完全背道而驰。他来的时候带着一个伟大的理想，现在却做着一件和理想完全无关的事。虽然工作报酬还不错，可这让他勇敢辞职的动力都被削弱了，他在朋友圈里的私密分组说："我觉得自己像一个活死人。"

04

张玮说话之所以这么 drama（戏剧），完全取决于他的妈妈。

有次我们一起吃饭，休息时张玮跟我们讲，他妈妈因为痴迷琼瑶剧里的那一套，把名字都改成了"婉君"。改名字只是小事，更夸张的是连说话和行为，她也都和琼瑶剧里的女主角如出一辙。

有次妈妈打电话给张玮，说要买一张玉床，张玮问她做什么，要练《玉女心经》吗？妈妈说："这是时下科学家研究出的一种对人身体很好的科技，经常睡在上面，不光不得病，还能健康长寿。"

张玮跟他妈妈解释了半天，说以前做新闻节目的时候这样的案例数不胜数，全是欺骗老年人没有常识，那种东西搬回家也就只能占地方。而且正常的子女，谁会允许父母在自己眼皮子底下受那种罪？母亲听完崩溃了，说："好，你把你的钱拿回去。你不要把妈妈当成一条水蛭，也不要把妈妈当成洋葱脸，什么话也不要再说了，我想我今生今世不会再要你的一分钱。"

张玮说："妈，你能不能不要这么琼瑶，好好睡一觉，冷静一下我们再聊。"

最后妈妈一边抱怨着，一边收下了他的汇款。我们几个旁听者哭笑不得，张玮说："我爸更夸张，有次他说他现在的人生非常圆满，生活无限美好，但他觉得还可以更快乐，然后问我：'你想不想让爸爸更快乐？想的话，我朋友那儿有辆二手的路虎正在出售，你帮我买下来，我就会更快乐。'"

张玮说他三十岁之前，无论做什么都以父母的要求为准。他小时候想学舞蹈，那时他家里穷得连三百块都拿不出来。母亲听完他提的要求，找遍了街坊邻居，最后借到了三百多块，当时母亲对他说："虽然妈妈不知道你为什么要去学这个，但是只要是对你有好处的，你就去吧，没有钱妈妈去借。"

工作以后，母亲跟他提出的第一个要求是一套房子，于是他拼了命，在二十五岁买了第一套房子。

那期间还发生过一段小插曲，他在台里混吃等死的时候，有次和同台的主持人聊到未来发展的事，张玮说他的计划是成为一个演员。

主持人听了，立刻否决他，说："我觉得你还是要现实一点，以你的形象和你的人脉，怎么可能实现得了呢？"

张玮没跟她争辩，但是这句话被他记了下来。他说："不管别人怎么说，反正我觉得，梦想这个东西，你不能没有。"

到他三十岁生日，他许了两个愿望，一是要为自己而活，二是不能再无条件地对父母言听计从，因为他们也真的老了。那段时间因为工作不顺利，张玮过得很不开心。母亲不时向他要些东西，因此他生活的动力就剩下赚钱。

他说，开始他给自己定的目标是赚够五十万，就可以愉快踏实地混吃等死了。没想到五十万那么快就实现了,接着目标就变成了一百万。等赚到了一百万,他就不想死了。

"世界上有那么多美好都还没体验过,你怎么舍得死啊?"这是张玮讲完这些故事后,说出的最后一句总结性的话。

立汉三

01

"汉三"不是一个人名,准确地说,是我和高中最好的朋友给人起的一个绰号。

高中第一次摸底考试,我和娜娜顺利打进班级倒数前十。对我来说,这或许还可以称作一次退步,对娜娜的父母而言,在女儿身上发生这样的事,可以说是家门不幸了。

我俩被家长催促着请家教补课,现在想想,当时不知道发的哪门子疯,不光补了数学和英语,连"是个人都能学好"的语文,我们也一并纳入补课范围,很快我们找到了三门科目的家教候选人。

英语家教是个文静的女生,传统无趣。数学家教是个理工男,脸色永远像他的穿着一样，除了灰看不到任何其他颜色。只有语文家教，是个有特色的男大学生，我们对他印象深刻，可能是因为第一眼看上去，这个人长得和当时每天晚上在东方卫视主持节目的刘仪伟一模一样。

汉三只给我们上了一节课，我和娜娜就给他发了晋级卡，另外两位则被我们拒之门外。用家长的话来说，最该补的课都没补，我们却心甘情愿地把钱花在了一个人身上，听他给我们侃大山。

但在认识汉三之前，我们真的不知道语文还能那么有趣。那些死板无趣的历史典故，从他嘴里被"翻译"一遍，就变成了有趣的寓言故事。我跟娜娜听得目瞪口呆，每个星期的那两个小时，总是过得特别愉快。

为了上汉三的课，我和娜娜简直是冬寒抱冰，夏热握火。不管外面的天气有多恶劣，我每周六一定会准时在娜娜家等待汉三上门。

半个学期后的期末考试，我和娜娜其他科目的成绩没怎么退步，语文成绩出来的那一刻，两人都惊讶得目瞪口呆，因为考得比上次还要烂。

02

寒假结束后，我们两人的家长都坚决不同意我俩再找汉三补课了。开学后,汉三从老家过节归来,给我们发了一条短信:"筒子(同志)们,我胡汉三又杀回来了!"我和娜娜统一给他回复:"你还是杀回去吧。"

汉三就是从那天开始被叫作汉三的,他的真名在那之前,我和娜娜真的完全没印象。

他大概也是第一个从雇佣关系和我们变成正式朋友的人。现在想来,考试结果和他的授课能力根本没有关系,错就错在我和娜娜这样的学生,根本就不该在一起补课。

即使没有了金钱交易这层关系,汉三还是时常鼓励我俩,他对我们说:"你俩都是有趣的人,听你们聊天太像我高中时候每晚都要听的电台了,一定要坚持,将来说不定,我真能听到你俩的节目。"

他以为我们一定会为他的肯定表示感动,结果我和娜娜一起问他:"你高中的时候,那是抗战以前的事了吧?"汉三无言以对,翻一个白眼,对我俩说:"滚去学习吧。"

汉三是第一个让我懂得要从多个角度去看问题的人。

有次娜娜非常暴躁地跟我们倾诉,有件事情几乎毁了她的人生观:她爷爷恋爱了,可她奶奶才刚去世不到三个月。他们全家都不同意这段恋情,她的小叔为了让爷爷分手,差点以死相逼。

娜娜的眼神里几乎要喷射出火,对我和汉三说:"那老太太一看就不是什么好人，五十多了还出来勾引老头，我爷又是典型的人傻钱多，那个老太太一定是冲着他的钱来的，想都不用想。"

汉三听完微微一笑，说："来，先问你几个问题：第一，你爷爷现在要跟她领证了吗？第二，你爷爷的钱是他自己保管的吗？第三，你了解你爷爷的感情状况吗？"

娜娜被他问蒙了，半天才回了一句："不知道啊。"汉三说："你奶奶去世不久你爷爷就要再找这件事，我可以理解你为什么不同意，但是，我觉得你得了解一下他为什么这么着急再找一个，是真的饥渴，还是怕孤独。"

娜娜还没来得及反驳，汉三继续解释："首先，到了这把年纪，饥渴的可能性已经极小了，就算是也属于有心无力。其次，如果钱是他自己保管的，真到领证那一步，你们两家可以协商搞一个婚前协议啊，你爷爷活了大半辈子，也不会傻到让一个小丫头把钱给圈走的，最后，对你爷爷来说那是小丫头，出去了，谁不喊她一声奶奶？咋的，你还怕个老太太这把年纪了跟你一家人玩仙人跳啊？"

我无言以对，娜娜试图做出最后一次反抗，说："就算老头怕孤独，他是不是也得跟我们说一声？我们上靠谱的地方给他找一个配得上我们家的老太太。"我忍不住了，问娜娜："你们家是爱新觉罗氏吗?"汉三不紧不慢地问娜娜:"你恋爱,也没让你爷爷帮你找一个配得上你们爱新觉罗氏的啊。"

后来,娜娜再没提过反对爷爷恋爱的事。

03

又过了一阵子,我和娜娜听到了一个振奋人心的消息,汉三恋爱了。

我曾经认真地觉得,汉三这样的男人这辈子注定孤独一生。因为他是我唯一一个认识的永远都在看书的人,好像他漫长的人生里,只有这一件事值得去做。无论什么时候,只要你打电话给他,他一定都在看书。

我们不知道的是,他除了看书,还会在论坛写读后感。他的女朋友,就是被他的文采吸引,通过回复留言,逐渐从网友变成了女朋友的。

他们确立关系之后,有次汉三约我和娜娜吃饭,用手机给我们看女友的照片,我俩看完惊呼:"你确定你做的事情合法吗?这女孩看起来初中都没毕业。"汉三让我俩闭嘴,耐心解释,女友已经二十多岁,有正当工作,他们的恋情合情合法。

后来那段时间娜娜在忙着办理出国的手续，我忙着参加艺考培训，渐渐地，我们和汉三的联系就少了。

半年后，有天我们收到汉三的短信，他说，他和女友领证了，等过完年办完婚礼，在我们考试以后、娜娜出国之前请我们一起吃饭。在那半年里，我们忙得鸡飞狗跳，娜娜先是被拒签，后来重新面试成功得到了申请学校的机会。我为了保险报了八所学校，除了当时最想上的那一所没通过，其他七所都拿到了合格证。

终于尘埃落定，我们有时间约汉三见面的时候，他用很平淡的方式发了一条短信，告诉我们，他离婚了。

我们听他草草解释了几句，他老婆和他算是老乡，可是老丈人死活都要坚持履行家乡的风俗——嫁女儿之前，一定要收到男方家里二十万的彩礼，其他条件一概不考虑。儿女情长，情投意合，这些和二十万相比，在老丈人面前一文不值。

最终他们家还是没能拿出那二十万。

那时我们都不太懂，这桩败给彩礼的婚姻，对他的打击到底有多大。总之那段时间，他更难约了，除了出去上课，剩下的时间只有一件事，就像天黑天亮一样永恒不变——更加丧心病狂地把自己关在租来的房子里看书。

04

以前我们由于不知道朋友的近况，总会想尽办法去见他一面，事到如今，就算隔着几条街，因为有了朋友圈，就算几个月不见面，也不算什么稀奇的事。

汉三离婚几个月后，有次我们为了一件事斗嘴，眼看我就要败下阵来，无心说了一句"你果然是离过婚的人"。话毕，我恨不得以头抢地，因为那是我第一次，在汉三的脸上看到了一种充满悲伤又无能为力的表情。

几个月后到了我的生日，汉三打车到我们学校等我放学，送了我一张那时我最喜欢的歌手的专辑。

我手里握着那张CD，愧疚得恨不得冲他下跪。还没来得及请他吃饭，他就匆匆跟我道别，说他要去给学生补课了。

直到娜娜出国前，我们仨终于又坐在一起吃了顿饭。聊到过去几年，三个人都觉得时间真的是谁都抵挡不了的东西，一转眼，我们的敌人早就换了血，早就不是老师、成绩这些肤浅的东西，而最可怕的在于，未来要面对的事情，我们根本无从得知。

娜娜去了美国，我在离家不远的地方读大学，汉三还是一样，生活中绝大部分时间在家读书，不得不养活自己的时候，才出去代课赚钱，那些钱一部分用来生活，另一部分被他拿去买书。

我们联系的次数少之又少，直到一年后娜娜回国处理签证，我们才又见了一面。那次娜娜不停抱怨，说她适应不了美国的学习环境，适应不了美国的人际关系，开始怀疑自己费了九牛二虎之力，让父母把自己送出国，到底是不是一件对的事情。

汉三笑笑，说："这样的机会多好啊，他想去还没钱去呢。"我瞪着他，给自己加了段苦情戏："有必要这样吗？那我走好啦，你们有钱人和文化人自己慢慢吃吧。"

开过玩笑，我们也没敢问他的感情状况，不确定他是否已经从上次的婚姻里顺利走了出来。

一年后，娜娜学校放暑假再次回国，我们还是靠着饭局才又见上一面。汉三问娜娜："怎么着，美国还是容不下你？不行回来算了。"出乎我们的意料，娜娜和一年前完全不同，摆出一副惹人嫌的假 ABC 脸，对我们说："还真不是，这次回国，我倒有点适应不了啦。"

汉三一个人喝着啤酒，感叹道："你看，人都会长大的是不是？"

我和娜娜一起看着他，异口同声地说："你这人真的很恶心。"

05

　　我又一次发微信给汉三那天是个周末，他约我在一家自助火锅店见面。

　　那是我大学毕业一年后的事了。奶奶不久前查出癌症，工作也极其不顺，每天沮丧得能挤出水来。我走进火锅店，看到汉三还是多年前那副样子，突然觉得很亲切，但现实点说我无法再做一个又傻又天真的高中生了。汉三从外表看上去，好像时间没对他下过任何毒手。

　　他一边往锅里下菜，一边对我说："这是自助的，你放开了吃。"

　　我想了想，吃完饭后还得赶去咖啡店做兼职，想大吃一顿的心情立马烟消云散。

　　汉三放下筷子，说："出来吃饭就别唉声叹气了，事情已经发生了，你能改变什么吗？我觉得你什么也改变不了。所以，接受吧。"我知道他指的是哪件事，也有可能他说的是那两件。

　　我把想去北京的事情告诉了他，他一边往嘴里塞肉，一边说："如果我是你，我会去，因为你就算留下，事情也不会得到任何改变的。"

　　我们有一搭没一搭地聊着近况，在我离开之前，问他："你真的觉得我该去吗？"他露出标准的微笑，说："那你别去了呗？"

过完春节后，我踏上了开往北京的高铁。我在高铁上发微信给汉三，跟他说："谢谢。"过了好久，他回了我一句"加油"。

06

在那两年里，我从西安走到北京，从实习生变成导演，做过很多不喜欢的事情，也做成了一些想做的事。偶尔在喝醉的时候会打电话给朋友发疯，但我从来没敢找过汉三。我想，之所以这样，一是怕他冷漠的态度会让我有气没处撒，二是如果他告诉我他正在看书，我很有可能会哭得更崩溃。

你看了那么多书，一样过不好这一生啊。

娜娜在美国结婚了，她把自己单人的婚礼照片发到朋友圈，我看到汉三给她回复："嫁给美国人啦？美国哪里？"

娜娜回他："东北人。"汉三追问："美国的东北？"娜娜用表情翻了一个白眼，说："大哥，你在这儿搞笑呢是不？China 的东北。"

后来我听汉三说，他在一个学校里当了真的老师，不再是没有牌照靠接私活为生的"黑家教"了。

汉三说，他时常和学生聊起我们，告诉他们："学习不好也不一定就会过上失败的人生，你看我教过的那两个人渣，现在都过得人模人样的。但是丑话说在前头,如果你没那个能力,还是踏实学习吧。"

我发微信问汉三还读书吗,汉三说:"读啊,就算过不好这一生,还是要读,不然还能干吗?"

我给他发了一句"谢谢",他让我"滚开"。

我想我之所以会突然发神经谢他,大概是想起他请我和娜娜吃饭的那几次,曾说过,带我们这样的学生,真是赔本的买卖。我没告诉汉三,对啊,因为你早就教会了我们远比考试答案更珍贵的东西。

后记

我上大学的每个暑假,朋友都要问我:"你假期准备干什么?"我回答她:"在家看看书,写写字,学点东西。"连着说了好几个假期,她终于忍不住了,质问我:"你每次都说看书、写字,你看了那么多书,也没发表过一篇稿子啊。"

这句话有点像别人搪塞你"改天一起吃饭",结果你当街拉住他,劈头盖脸问对方:"改天是哪天?择日不如撞日,现在你就请我!"

我从高中开始给各类杂志投稿,新概念作文大赛也参加过好几次,我把信封塞进邮筒的那一刻,脑子里总忍不住盘算着,到时一个人坐火车硬座去上海参加复赛,晚上睡不好的话,会不会影响我的现场发挥?我真的想太多了,事实证明,那几次,我都只是为国家的邮政事业做出了微不足道的贡献。

那几个暑假,我给很多杂志都投过稿,当时喜欢看严歌苓、毕飞宇的作品，写出来的文章和"青春疼痛"没半毛钱关系，所以无一例外被退稿。到现在我还记得，在我被拒绝了几十次之后，被杂志社定稿的第一篇小说，讲的是一个对生活失去了信心的人，杀了自己的伴侣开始逃亡，上了火车，遇到了好几个其他小说里的主角，每个人都跟他短暂地聊过几句，聊了聊自己的人生，最终他决定在火车停靠的最后一站下车自首，结果火车脱轨，所有人都死在了那列列车上。

后来因为我当时花两千块购买的笔记本电脑损坏，那篇小说彻底消失在了硬盘里。可它对于我意义深重，因为我终于可以向质问我的同学说："你看，我也不只是说说，我真的在写东西。"

一个多月以后，那家杂志社只出版了第一期杂志就倒闭了，我那篇被定稿的小说，编辑告诉我，他们把它放在了第二期。

后来我就不写了。

有一次和我姑在火车站，那天我刚从电影学院考试出来，考试的剧本写作一共三道题目，我只写完了两道，其中一道我把那篇未发表的小说改编了一下写了上去。其实我内心无比绝望，如果没去考试，我不知道原来自己那么差。

火车站有很多小型书店，我们站在门口等待进入候车厅，我姑突然问了我一句："什么时候，我才能在这儿看见你写的书啊？"我叹气，跟她说："谁知道啊。"

几个月后查询成绩，我那两篇巨作居然得了一百三十分，虽然我最后也没通过复试，可那个打分的陌生人，让我明白了"那篇稿子，也没我想象中那么差劲吧"。

工作以后，我没再写过什么东西，但是没改掉买书的习惯，这也间接导致了每次搬家都让我很想死。

一年多以前，我无意做了微信公众号，那时真没觉得能有什么影响力。我上的那期节目播出以后，我的暗爽只持续不到一个星期，一个星期后我就开始焦虑，那么多人盯着我看，我好像失去了"随心所欲"的权利。然而，成为想成为的人，谁不要付出点代价呢？

有次录节目，康永哥问马东老师："你怎么评价这个小朋友？"马老师说："我觉得他有观点，可最大的问题是他对很多东西都不感兴趣。"这句话让我醍醐灌顶，原来我焦虑这么多年的根本，真的就在于只看到自己眼前的那点世界。

所以在写这本书的几个月里，有时候很痛苦，只想逃避，经常一大早坐在书桌前，直到下午三四点，才慢慢在键盘上打出三五行字。写出喜欢的稿子，忍不住发给朋友和编辑看，等他们回复"不错"，我才觉得心安，于是为了奖励自己，接下来的一个星期，就再没写出任何新的稿子，好在这本书终于还是在 2017 年写完了。

我曾经给自己立过一个目标：二十五岁前能在杂志上发表一篇稿子。抱歉，至今我也没能实现这个目标。可是最终在我二十六岁的时候，我出书了。我看书有个奇怪的习惯，翻开书第一时间喜欢先看"后记"，我总觉得，每个作者在写后记的时候，是想告诉全世界的人：我的这本书，向这个世界掏出了真心。

　　所以我写了后记，因为我也是这么想的。

　　谢谢马东老师，谢谢康永哥，谢谢咪蒙姐，谢谢邦妮，以及谢谢米未的全部师哥师姐。

　　关于这本书，希望它只是我写作生涯的开始，因为在未来无比漫长的人生里，想和大家分享的事情实在是太多了。

高嘉程

2017 年 12 月

©民主与建设出版社，2018

图书在版编目（CIP）数据

笑着活下去 / 高嘉程著. —北京：民主与建设出版社，2018.3
ISBN 978-7-5139-1973-9

Ⅰ.①笑… Ⅱ.①高… Ⅲ.①随笔—作品集—中国—当代 Ⅳ.①I267.1

中国版本图书馆CIP数据核字（2018）第037241号

笑着活下去
XIAOZHE HUOXIAQU

出 版 人	李声笑
作　　者	高嘉程
责任编辑	王　越
监　　制	蔡明菲　邢越超
选题策划	李　娜　李　荡
特约编辑	尹　晶
封面设计	壹诺设计
插图来源	罗浅溪　Pixabay
封面插画	YVONNE-HSY
版式设计	李　洁
内文排版	百朗文化
营销推广	李　群　毛昆仑　张锦涵　姚长杰
出版发行	民主与建设出版社有限责任公司
电　　话	（010）59417747　59419778
社　　址	北京市海淀区西三环中路10号望海楼E座7层
邮　　编	100142
印　　刷	三河市兴博印务有限公司
版　　次	2018年3月第1版
印　　次	2018年3月第1次印刷
成品尺寸	880mm×1230mm　1/32
印　　张	8.5
字　　数	155千字
书　　号	ISBN 978-7-5139-1973-9
定　　价	45.00元

注：如有印、装质量问题，请与出版社联系